主编／高长梅 王培静

◎文学新观赏·青少年读写范典丛书

与太阳一起行走

赵峰旻 著

YU TAI YANG YI QI XING ZOU

花山文艺出版社

图书在版编目(CIP)数据

与太阳一起行走 / 赵峰旻著. —石家庄：花山文艺出版社, 2013.6(2021.6 重印)

("读·品·悟"文学新观赏·青少年读写范典丛书)

ISBN 978-7-5511-1043-3

Ⅰ.①与… Ⅱ.①赵… Ⅲ.①散文集–中国–当代 Ⅳ.①I267

中国版本图书馆 CIP 数据核字(2013)第 112181 号

丛 书 名：文学新观赏·青少年读写范典丛书
主　 编：高长梅　王培静
书　 名：与太阳一起行走
作　 者：赵峰旻

策　　划：张采鑫
责任编辑：郝卫国
责任校对：齐　欣
特约编辑：李文生
全案设计：北京九洲鼎图书有限公司
出版发行：花山文艺出版社(邮政编码：050061)
　　　　　(河北省石家庄市友谊北大街 330 号)
销售热线：0311-88643221
传　　真：0311-88643234
印　　刷：永清县晔盛亚胶印有限公司
经　　销：新华书店
开　　本：710×1000　1/16
字　　数：155 千字
印　　张：12
版　　次：2013 年 7 月第 1 版
　　　　　2021 年 6 月第 2 次印刷
书　　号：ISBN 978-7-5511-1043-3
定　　价：36.00 元

(版权所有　翻印必究·印装有误　负责调换)

读，是为了更好地写

高长梅

阅读的目的是长见识，是提升自己的文化素养。这是"读"的基本意义。

很多时候，我们的阅读也无任何的目的，就是为了消遣，为了解闷，为了打发时光。其实，这是"读"的另一种境界。

但对学生乃至爱好写作的人而言，"读"还是为了"写"，即人们常说的"读写结合"。这，却是大有讲究的。

"读什么"，"怎么读"，"读"如何促进"写"，这个问题困扰人们少说也有两千多年了。外国不言，单说我国自《诗经》始，《四书五经》到《千家诗》《古文观止》《唐诗三百首》，哪一个的"读"不涉及后人的"写"？"熟读唐诗三百首，不会作诗也会吟"就说明了"读"和"写"的朴素关系。

"读"于"写"的第一点，当是语言的积累。对绝大多数人而言，"会说"也"能说"几乎是与生俱来的，但这些不一定就是我们写作的语言。即使你"会说"、"能说"，但不一定能准确表述你的想法，你的所见所闻；尤其是不一定能用丰富的、生动的、形象的语言或简洁的、凝练的、科学的语言来描述人或事物或观点。写作当如建房，没有各式各样的语料积累，其结果可想而知。巧妇难为无米之炊，再牛的能工巧匠没有基本的建筑材料他也盖不起房子来。但语言积累，不是简单的语言记忆，要内化为自己的，要在自己的胸中发酵，要让它带上自己的思想、情感。这样，在写作运用时，就不会是简单的模仿甚至抄袭。即使是原句引用，也会与你的文章融为一体，恰到好处。初学写作者，常常苦恼自己词汇少，不能准确表述自己的思想;或苦恼自己写得干巴巴的,没血没肉;或苦恼自己虽写得字通句顺,却不像别人写的那样摇曳多姿;等等。多积累语言,是根治这种"疾病"的唯一药方。因此,我们在"读"时,就要看别人是怎么用字、怎么用词、怎么用句……来描写、叙述、来情、议论的。

"读"于"写"的第二点,当是技巧的化用。"我手写我心",看似简单轻松,看似随意,但正如建房,砖头、瓦块、木料等都摆在了你的面前,却不是任何人都建得了房的,你得有建房的技能。写作也是一样,你得掌握一定的技巧。人物怎么描写,事件怎么叙述,情感如何抒发,道理如何论证,等等,你得掌握其基本的方法,然后才能"心到手到",写出一篇像样的文章。我们要像建房者,先做"小工",看人家是如何砌墙、如何粉刷的;然后做"匠人",亲自实践,在模仿中掌握其方法,逐渐为我所用;"匠人"做多了,熟练了,就成了"师傅"。"师傅"一级,技巧娴熟,房建得漂亮。而用心的"师傅"爱钻研,爱琢磨,结合他人的方法创造出更好的新方法,他就成了"建筑师"。写作同理。我们不少阅读者,语言的积累比较重视,但琢磨人家写作技巧的不多,所以文学爱好者不少,但成为作家的就少多了,原因大概与这有一定的关系。因此,我们在"读"时,就要看别人是如何选择材料、如何谋篇布局、如何安排结构、如何运用表达方式、如何布置情节……看他们如何安排重点、如何把人物写活、件、如何条分缕析丝丝入扣、如何巧妙起承转合……

"读"于"写"的第三点,当是思想的融合。有了语言的积累,也掌握了一定的技巧,文章也写得是这么一回事了。但你的文章仅仅止于此,那也不过如同一栋能住人的房子而已。一篇文章品质的高低,除了语言的准确、生动、丰富、优美、灵动……除了构思的奇巧、结构的多元、情节的波澜、布局的精妙、手法的多变……是否有思想就显得格外重要。我们常说,这篇文章语言优美,构思巧妙,但立意不高。我们还常说,这篇文章不仅语言优美,构思巧妙,而且立意高,有思想。一篇仅靠语言打扮的文章,就好比一个俗人涂脂抹粉；一篇仅靠卖弄技巧和语言的文章,就像一个没有灵魂的美人卖弄风骚而已。语言可以记忆,技巧可以模仿,但思想要靠领悟,要融入作品之中去反复地阅读,要从深层次去寻找作者的精神。有的人的文章写得很美,技巧也妙,但就是没有深度,没有思想,没有灵魂,没有底蕴,往往就事论事,往往只是当复印机,复制了场景,复制了人物,复制了事件,但都是没有活力,没有生气,没有精神的。在阅读中提升自己的思想,的确常被我们忽视。思想靠别人的潜移默化来,精神也靠别人的影响而来。我们常听说在阅读中提升了自己,净化了自己,受了一次洗礼似的教育,等等,大约就是指这些吧。所以,我们在"读"时要琢磨别人是如何通过人物的描写表现人物的思想、精神,琢磨别人如何通过将一般人眼中的小事、凡事写出其社会价值,琢磨别人如何从一滴露珠看出太阳的光芒……如何选择语言材料最准确、最鲜明地表达出思想内容而非干巴巴贴标签,如何通过景、人、物悟出其蕴含的道理而非故弄玄虚牵强附会……

"读"于"写"的第四点,当是情感的交融。文章当有情,无论你是否抒了情,情就不自觉地流出了你的笔端。阅读中,我们除汲取作者的语言养料、技巧养料、思想养料外,还要品味、感受作者的"情"。与作者同悲,与作者人物同喜,置于作者笔下的优美环境而赏心悦目,等等。这就是受作者之"情"的"滋润"。文章是否感人,除了语言、思想外,有无"真情"很重要。朱自清的《背影》靠的是"情"的打动,鲁迅的《记念刘和珍君》这篇"血写的文章"其实靠的也是"情"的喷发。一篇只有华丽的语言而无思想的文章犹如没有灵魂的躯壳；一篇即使有非凡高度思想而无情感的文章也不过是一具可能具有文物考古价值的木乃伊。但"情"在文中的宣泄如何把握,这也是我们在阅读中要学习的。这也是我们常犯的错误。写作中我们或无病呻吟虚假瘆人,或情溢滥觞叫人发腻。让"情"如何恰到好处,非向好文章学习不可。这样,我们在"读"时,就要仔细琢磨别人是如何选择写作语言表达出作者的喜怒哀乐之情,如何传递作者人物的喜悦、哀思、忧怨、恋情,或深、或浅、或缠绵、或热烈,或似小溪的舒缓、或似大海的波涛、或似斗室之花的温柔、或似山野之花的奔放……看作者如何褒贬对象,看作者如何措辞达意致情,看作者如何巧借人、事、景、物以寄寓情感……

"读"于"写"的第五点,当是风格的鉴赏。所谓风格,它是一个作家成熟的标志,是作者在文章(文学作品)中表现出来的艺术特色和创作个性。我们鉴赏其风格,主要是学习他如何创造和完善文章(作品)的风格,也就是看作者在处理题材、驾驭体裁、描写形象、表现手法、运用语言等方面各有什么特色,最终形成了怎样的风格。这些风格,最后成了一个作家个性化的标志。当然,这是"读"的高要求了。琢磨多了,实践多了,很多写作者也形成了类似的风格,便也融入了原作者的风格之中,也就形成了"派"。比如"荷花淀派"、"山药蛋派"、"读者体"、"知音体",等等。当然,也不能简单模仿,也要适时变化,否则当年散文必"杨朔式"、小说必"欧·亨利式"的文学闹剧就会重演。

习作者若能此,写出好文章就有可能了。

弄明白了这些,还有一个重要的问题是选择什么样的读物。读名著,当然好。但很多名著由于作者所生活的时代不同,社会环境不同,或阅读者的阅历不够,文化积累不够,不一定读得懂,更不用说借鉴于自己的写作了。

基于此,我们推出了这套《文学新观赏·青少年读写范典丛书》。这些作品,不是名著,但是属于好作品;没写重大题材,但大都真实反映了社会生活的变迁,人们精神面貌的焕然一新;没有高深莫测的技巧,但或平实、或奇巧、或清新可人、或浓郁奔放,更适合青少年读者学习、借鉴。

第一辑　风雨海春轩

高高的村庄…………………………………………002
方向…………………………………………………005
花之荼靡，果之永恒………………………………007
水乡舞韵……………………………………………010
失忆的妆台…………………………………………013
纸上的故乡…………………………………………016
波光塔影……………………………………………021
风雨海春轩…………………………………………024
半亩方塘一鉴开……………………………………027
玲玲的天空…………………………………………029
大河起舞……………………………………………032

第二辑　荷风莲影尽芳菲

平行的风景线………………………………………038
会唱歌的石头………………………………………040
千垛菜花　千岛风光………………………………042
六棵树的守望………………………………………044
仙缘寻踪……………………………………………047
中原问祖……………………………………………050

静默千年华清池	053
步步莲"话"	057
荷风莲影尽芳菲	059

第三辑　温泉水滑洗凝脂

笔墨西溪	064
滩涂生长	066
"朋"字新解	068
千帆过尽处,你的歌声倾倒众生	070
寻找绿色	072
幸福的港湾	075
生命　生活　生存	077
菱秀水乡	079
温泉水滑洗凝脂	082
南园幽梦	084

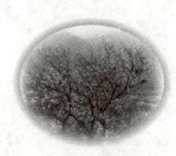

第四辑　一帘春雨枕好梦

纤纤发丝绣乾坤	092
感恩地活着	095
午夜风景	098

一帘春雨枕好梦……………………………………… *101*
且歌且行…………………………………………… *103*
落花自有情牵处…………………………………… *106*
回家………………………………………………… *109*
素笺上的水墨画…………………………………… *112*
古镇西溪…………………………………………… *116*
想念一场雪………………………………………… *120*
天地的遗产………………………………………… *123*

 第五辑　秋韵和声叩帘笼

城市天空…………………………………………… *128*
樱花雨……………………………………………… *129*
太平山……………………………………………… *130*
八大关……………………………………………… *132*
栈桥………………………………………………… *135*
名人故居…………………………………………… *136*
魂断扬州…………………………………………… *139*
藕香榭秋思………………………………………… *147*
与太阳一起行走…………………………………… *149*
秋韵和声叩帘笼…………………………………… *152*

 第六辑　一样花开为底迟

宁夏·宁夏 …………………………………… 156
耳畔一个秋 …………………………………… 158
聆雨赏竹 ……………………………………… 161
写意黄海情 …………………………………… 163
一样花开为底迟 ……………………………… 164
走过苦夏 ……………………………………… 167
一树梨花香 …………………………………… 169
花开寂寞 ……………………………………… 172
梦里水乡 ……………………………………… 174
秋天会回来 …………………………………… 177

第一辑

风雨海春轩

高高的村庄

一

　　激情,梦想点燃了季节的邀约。笑语喧哗、歌台舞榭处,在最柔软的心底,开始想念村庄。

　　一声蝉鸣牵我走进村庄。风,在前面带路。它跑过草丛,跃上树梢。轻轻用力一拨拉,就露出村庄路边草丛里的黑土来。

　　走进村庄才猛然觉得,那些红的瓦、白的墙将村庄一下子撑得高高的,瞬间想从这里打捞些什么。也许,这里是我回家注定的驿站,我呢,也说不清楚,只让一份心事在阑珊里泛着轻浅的香,在岁月的光影里,次第流转,花香满径!

　　炊烟厚厚包裹着村庄的静谧,安然,温暖!村庄被炊烟撑起,立时显得高高的样子,这如约而至的气息,朴素而淡雅,青青蓝色的炊烟,母亲是最好的守望者,是母亲唤儿的晚归。

　　一个清瘦的背影在"人"字形的乡村小路上缓缓移动。忍不住停下脚步,做个深呼吸,我像个拍照片的取景人,看到的不是一棵或是一株,而是一片的绿,那一岸奇景镶嵌在村庄的小河边,静静的,于是我的画中便有了晓风,残月,杨柳。

村庄不是一人或一物的缩影,而是广袤田野里一群面朝黄土背朝天的父老乡亲,他们趴在黑得流油的土地上劳作,身上粘满土末,禾苗掩映着他们黝黑的躯体,在阳光下闪着幽幽的光。

老农哼着只有他自己才听得懂的小曲儿,牵着幸福地腆着大肚子的老黄牛,与村庄的土地交流独特语言,踩着老黄牛的足迹,在村庄的土地上,走着笔直的路,把那块田地在晨光中犁得发亮。

绿树翠拥,碧水环绕着的村庄,让穿行在城市中的我产生一种源自乡村的信念,在尘世喧嚣中坚定前行。串场河边的村庄,每天都有新的花朵和果实令人惊喜地出现,于是,一种琐碎的情怀从四季凝视的双眸中悠然滑落。

二

我习惯在村庄里率性走动,看稻子发芽、抽穗、扬花。稻子成长的过程是一个艰难的过程,跟村妇分娩前一样。

在稻田里,我知道有个忠实的守望者,我和他不一样。我看稻浪翻滚,看稻子由绿色而染上金黄的整个过程,心里就有种说不出的激动。

我喜欢稻子在风中摇曳出阳光的声音,摇曳出岁月的风风雨雨,摇曳出农人的欢声笑语。喜欢田野到处飘着稻子的香气。喜欢稻子在雨中欢快地舞蹈,村庄是稻子的哨兵,村庄使稻子的存在有了可能。

有麻雀扑扇着翅膀从天空飞过,有一搭没一搭的几声鸣叫,它可能是泥土和庄稼的一种啼叫,或是季节和时光的一种啼鸣,甚至是村庄灵魂的一种啼鸣,它的声音是那样嘹亮,把村庄的天空划开一个闪亮的豁口,阳光便被搅成了一地碎影。

对于时光,村庄是留不住它的脚步的,对于村庄里那帮爱做梦的年轻人,村庄更是留不住他们追寻希望与梦想的行程。为了生计,年轻人纷纷走出了村庄，村庄里只留下老人、孩子、妇女和一颗祭乡的月亮。农民——下岗工人——打工者，究竟是什么将人们诱进城市？偌大的村庄，成了个大而空的鸟巢，静静地卧在里下河平原上。

在记忆深处，在繁华的城市，也只有在夜深人静时才能想起。村庄里的老人和孩子感到村子在安静与孤独中有着很好的阳光。阳光铺满地面，一片金黄。有时回忆会由一场细雨开始，雾气笼罩着的一切在记忆中，都深深触痛从而产生一种生命的忧愁。

只有那些无语的泥土明白村庄的心事，只有清晨的风儿和深夜星辰知道村庄曾承受过多大的苦难。

村庄无声，老牛不语，岁月不惊。

三

村庄的四季是一个水质的梦，在心的暗河里流淌。屋檐下燕子的呢喃，老槐树下声声蝉鸣，天空上的一朵白云，禾苗上的一滴露珠或一场斜雨都是一颗归乡的灵魂，村庄边上的一条河、一滴水、一缕风、一声鸟语都是我真实的诗行。掀起泥土，播进心事，播进热情，泪水滚烫从双颊滑落，一个叫作希望的古老梦幻开始悄悄萌芽。

绿意葱茏的香樟，婆婆盎然的垂柳，枝繁叶茂的泡桐树，当然还有细碎的桂花树，叶子向来都是充满着生机的。颜色是绿得发蓝，绿得似乎挤出水来，充盈而美好，安静而又淡定地立在村庄房前屋后，或者是在水意清透的小桥流水旁，年年月月用温柔的目光抚慰着过往的人们。

母亲已在这棵树下守望了好多年，那些白发迸出的银光轻易结成一段难驱难散的情愫，纠缠，沉溺，沦丧。

岁月静静地流逝，村庄的小河静静地等待。渐黄的芦苇草丛中，村庄是航行的船只，载得动儿女的梦想，却载不动母亲一汪深情的心思，村

庄的儿女,一辈子也无法驶出母亲的视线。

多年以后,当我在茫茫人海中艰难跋涉,母亲翘首张望的身姿,亦如那高高的村庄,总是醒在阳光里,一次次为我导航,从此不会迷失方向。

炊烟深处,渐行渐远,我一生也走不出的名字。

方　　向

这是我亲眼见到的。

傍晚,在水乡的河畔,我看到了这样一幅惊心动魄的画面。一只不知名的鸟儿,嘴里衔着一根远远超过它身体长度的树枝,在低空中盘旋许久,猛然一个俯冲,挨着我的头顶飞过,那一刻,我甚至感觉到了它翅膀扇起一股劲风,撩动了我的发丝。当它掠过宽阔的水面时,惊起了一串水花,不过,接下来我看到了另一个情景,也许因为树枝太长太重的缘故,它的身体渐渐往下沉。快抛掉树枝呀。我甚至用力喊出声来。鸟儿似乎没听懂我的话,更不领我的情,只见它两翅拼命一振,身体竟渐渐向上昂起,然后一个射冲,蓝天瞬间成了它的俘虏。

是怎样的倾国倾城一飞,不经意间竟飞成了绝唱。

物竞天择,适者生存。在大自然面前,一切生命都是那么的渺小,脆弱。有时候,它们又是那么伟大,坚强。活下去,本身就是伟大。只要是一个想生存的生命,无论怎样的条件,都要坚韧地承受。

据说鹰出生不久便要经受母鹰的残酷训练,幼鹰一旦出生,就会一次次被母鹰从悬崖上推下去,经受翅膀折断,粉身碎骨的考验,幼鹰的翅膀在经过了一次次摔打,一次次折断,一次次痊愈,才练就了坚不可摧的飞翔本领,它们一次次地将自己置于死地,又一次次地将自己拯救,让我感到生命的本质和生活的目标。

想起这样一首歌,也算得上鸟儿的内心告白:我是一只小小鸟,想要飞,却怎么样也飞不高。也许有一天我栖上了枝头,却成为猎人的目标,我飞上了青天,才发现自己从此无依无靠。每次到了夜深人静的时候我总是睡不着,我怀疑是不是只有我的明天没有变得更好。未来会怎样,究竟有谁会知道,幸福是否只是一种传说,我永远都找不到。我是一只小小小小鸟,想要飞呀飞,却飞也飞不高,我寻寻觅觅,寻寻觅觅,一个温暖的怀抱,这样的要求算不算太高。

虽然山高路远,但飞翔是鸟儿唯一的出路。它们在冰天雪地里寻觅食物,搭建鸟巢抚育子女,抵御风霜雨雪的侵袭,延续生命。不为别的,只为寻求到一份温暖,一份安宁。

为此,一根树枝竟可以让雨燕越过千山,飞过万壑,飞越辽阔的海洋,它的驿站就只有一根枝丫。它们嘴里衔着一根树枝,饿了在上面捕鱼,累了在上面在休息,困了就在上面打盹。黑夜,给了它片刻的宁静。枝丫,给它以温暖与安宁。翅膀,驮起前行的希望。生命的地平线,是飘扬的旗帜。

鸟类中还有一种园丁鸟儿,其体羽光亮,鸣声清悦,是鸟类中的"建筑师"。据说,雄鸟为了追求它理想的佳偶,而用树枝搭建一间精致的巢穴,而且,雄鸟会选那些颜色与雌鸟羽毛颜色相同的物件来做装饰,再寻找一些玻璃、瓶盖、纸片、破布、金属丝、彩色毛线之类的东西,把它添加到其精心之作上去。并用蜗牛壳、羽毛、花朵或真菌类植物等色彩鲜艳的小物品装饰其间。当巢穴完工时,雄鸟就会带雌鸟前去参观。用嘴衔

与太阳一起行走

着一些装饰物向雌鸟翩翩起舞,讨它的欢心。同时跳起优美的求婚舞,用嘴捡起各种精致的珍品让客人观赏。这种求爱表演一直进行到赢得雌鸟的爱慕。然后双双进入"洞房"树枝上的温暖,筑就幸福的港湾。

其实,幸福美好,本身就是一种方向。鸟类不放弃对幸福生活的美好追求和飞翔的思想,它们历经世人所没有经历过的艰辛,最终抵达了世人难以到达的风景。

世间本无方向,无向而为向。当下,我们总是千方百计地找到自己,又将自己丢失。鸟类的生存方向,让芸芸众生的我们找到了自己。

花之荼蘼,果之永恒

冬天一脸的漠然,天空飘着寒雨,地上脆裂着枯叶。

在苍茫寂寥的大地上,冰雪冷酷无情地肆虐着一切扎根于泥土的植物。当无数生命用消极的冬眠躲避严寒的时候,有一种植物却始终保持着清醒,毫无畏惧地伸展出光秃秃的枝干,把毕生的心血都凝结成无数个小小的蓓蕾,一任寒风把它们摇撼,严霜把它们包裹,飞雪把它们覆盖。

门前那株蜡梅不知在星夜的何时盛开了,开在这个枯寒的季节里。柔弱的身躯兀自冲向天空,光秃的枝丫上,却没有一星半瓣绿叶遮挡风寒,就这样在贫瘠的土壤里忍受着煎熬,开着透明的、娇弱无力的、淡雅的小黄花,吐着高雅的清香。

那清香不是静止的，它无声无息地在飞，在飘，在流动。在那淡黄而又清浅的绽放里，临寒独开的蜡梅也不知道用了多大的力量才如此盛开，开得衰弱，却很坚强。挺着身躯仰面看成群鸟儿在它的身边自由地翱翔，诗意成天空标点的情怀。此刻，什么叫搏斗，什么叫坚持，只有蜡梅知道。

看着它的背影，一枝的春意，一树的生机，擦亮平淡无奇的日子，成为时间长河里的一个个微小符号。瘦弱中透着的坚强，我很想说心疼，而蜡梅一定不允许我用这样一个近乎温情的词，这样的词语也许是对她的亵渎。因为生命与美本来就互为一体。

在此之前，我天天站在阳台看望它，而它就是一点动静也没有，久久不开，心里时常埋怨，却不知原来等待花开，是一个多么艰难的过程啊！也许，任何欢乐和美都源自痛苦，都经历了殊死的拼搏，但是世人未必懂得这个道理。

我深深地陶醉在蜡梅的风韵和幽香之中了，似乎又明白，它是从冬天走到春天枝头的花朵，见证着那些光阴里发生的故事。

有这样一位女孩的生命，似开在我心头一朵时间上的花朵，像一条轻柔的绸缎滑过我的身际，拂过我的脸颊……

也许做一株蜡梅就必须坚忍，必须顽强，必须敢于用赤裸裸的躯体去抗衡暴风雪吧？这样的问题一直缠绕着我，且深深烙进我的记忆里。

正如人们所说：人无千日好，花无百日红。女孩有着与花一样好听的名字，她，叫杨艳，正是豆蔻年华，今年刚20岁，生得干净清秀，在常州某高校读书，成绩优秀，且画得一手好画。当生命如一朵花开到极致的时候，女孩却得了白血病，但她自强不息，想在家乡博物馆开个人画展。听此消息，我和同事扛着摄像机去采访，其实心中很想去见见她到底是怎样一位坚强的女孩。然而，因为领导又临时安排我们另外的紧急任务，原打算送给女孩的钱生生攥成一朵花，至今躺在包的角落里。

有些时候,越美的花也越容易凋零,但结出的果实也许是最醇香丰硕的。

女孩成功举办了个人画展,她多才多艺,大胆精美的设计、积极乐观的生活态度引起了广泛关注。在那次画展上,有位叔叔欲送她一本厚厚的小说,与她同来的朋友欲言又止,因为朋友知道,由于病魔正一天天地折磨,女孩的视力已严重下降,也许随时会有看不见任何东西的危险,而女孩微笑着收下了。此刻,朋友背过脸去拭泪,这样的举动女孩是看不到的,谁都理解,叔叔的心意女孩能不领吗?而那么一本厚厚的书,她还能看完吗?

我虽然不知道女孩是怎样看完这本书的,但我似乎听到女孩清秀面庞上正写着令人安静的音乐,似缕缕清笛。那些日子,我站在城市一隅的窗口,总有一个女孩清秀的脸庞如影随形,在幻想女孩那年轻似花似月的脸,轻柔,静谧,安详。

再后来打电话想去看她,她已去了省城医院接受治疗,想见她一面,终未能如晤,而有关她的消息竟如石沉大海。此事令我一直无法释怀,成了我心头一个不小的结。

前些日子,突然收到女孩托人从医院送我的一对常州"宫梳名篦",木梳弯弯像一艘随时等待起航的小船,盒子的反面打上"千里共婵娟"几个金字,上面烫有"鸳鸯戏水"。捧着她送的礼物,似有千钧重,眼睛瞬间有湿湿的感觉。

女孩正值花季,也许这件礼物原本是女孩闺中珍藏着的物品,听说她的秀发已在一根根掉落,也许这把"宫梳名篦"她一时用不着了,既然用不着,就让它化为一个音符去飞翔吧,她给我的礼物,也许就是她追赶风中飞翔的音符,对于她来说,那样的音符,那样的呼唤,比笛声还要婉转清越。

关于蜡梅,关于女孩,也许有人会问:因为疼痛何必要开花结果呢?

其实开花是个很自然的过程,一个疼痛的过程,如果说花到荼蘼是一种宿命,那么开花结果就是掌握在自己手中的抉择。

花开花谢了无痕。不是每一朵花都会结果的,但每个人都可以有绚烂的花期,丰硕无形的果实,也许她们盛开时都是孤零零的,没有别的什么花卉愿意和她一起开放,甚至没有一簇绿叶陪伴她。她开花绝不是为了结上炫耀之果,更不是为了献媚,只是为了向人们展现风骨和气节,对生命意义的理解。

其实,人生又何尝不是一个花开花谢的过程呢?一些人的人生就像流星划过般短暂,但只要活得纵情,活得充实,就会像恒星一样绽放出持久的光辉。年轻美丽总有一天会成为过往,精神充实、完满向上,才是值得我们用一生去追求的永恒。

水 乡 舞 韵

时光走到里下河水乡的某个夜晚,就不想走了,它静静地停留在水乡的桥头、路边或广场看风景来了。

水乡的夜晚,色彩是斑斓的,即便是没有月亮的夜晚,那黑,也黑得静默,黑得彻底。要是有了灯光的映照,那白,便白得坦然,白得耀眼了。灯光下变得明丽清新,灿若云霞的还有女子绚丽的衣衫,那绿,绿得明快;黄,黄得富丽;红,红得动心。

当悠扬的曲子响起时,从水乡深处东一撮、西一簇,走来的一群人,就会回到四时八节的热烈氛围之中,变得幸福起来,他们随意挥洒起欢快的舞步,此刻的水乡变得优美、风情、欢快而热烈。

起先还有个别大姑娘、小媳妇站在一旁扭扭捏捏,或捂嘴窃笑,或红着脸相互扯着、藏着、掖着,不肯融进队伍。然而,许是经不住琴笛箫合鸣,丝竹弦共唱的诱惑,这些还没见过什么世面的水乡女子便腾起千般情思,倏地,闪进人群,和着节拍,扭着,跳着,来了感觉,有了韵律,渐渐地还产生了某种激情。

不经意间,女子们那好看的一扭三道弯,便吸引更多着彩衣花裙的女子前来,尽情地伸展着腰肢。扭着、扭着,一天的劳累疲惫都忘了;舞着,舞着,委婉飘逸,轻柔优雅出来了;跳着,跳着,眼底心波的悸动和满足都有了。

《家乡美》的旋律似出岫的云彩,飘逸流韵,清丽婉约,将水乡的夜舞动得风姿绰绰,挥舞成一袭灵秀翻飞的水袖,挥舞成一朵盛开的奇葩。此情此景,夜风星月,莫不入曲,曲曲动人心弦。此时此刻,水乡有了缥缈幽静的景致、小桥流水的风情、明月清风的恬静……

记忆中,这种舞没有受过什么老师的点化,哪级机构的发起,什么文化的熏陶,这种秧歌舞式的舞蹈从来就在民间生长,和着民间的泥土和芬芳一起成长,水乡的人们一直通过这样的舞来感受生活的幸福,岁月的静好。

在外人看来,水乡舞蹈就像田野吹来的风,又仿佛串场河淙淙不尽的流水。水乡妩媚的女子用她们轻盈的舞步体察世态;用她们愉悦神情去表现世态,身临其境,谁能不切身感受到一种激情活力,激荡着美好生活的召唤呢?

水乡人的舞步中何尝不蕴含诸多人生哲理呢?它总能以一种行走的姿势集中展现出来。向前、往后,方寸中,进退总有度;快慢、闪转、腾间,游刃有余,想来这就是水乡人的生活风格和做人的姿态吧。

这种世俗的欢乐自然而然地替代了对这方水土的庄严和敬畏。如今,水乡的村头、路边、或广场成了人们生活的娱乐中心了。天上一轮腴满的月,地上几盏明亮的灯,河上的风轻轻地吹过来,抒情的曲儿低低地传过来,在这样悠远的旋律中,水乡便一次又一次地沉醉在明月清风里。

物质生活丰富了的水乡人,精神追求的脚步从来就没停止过。不知何时,哪位高人又从外面引进了更带有激情的舞种,于是,水乡的舞蹈便被这群女子演绎得更加淋漓尽致了。

自由轻快的现代广场舞,柔美的舞姿似行云,舞出了天涯共此时的明月夜;似轻风,舞出了烟花三月田园的晓风杨柳;似流水,舞出了梦里水乡人热爱家乡的美好情怀。

充满动感活力的自由飞翔舞,或热情奔放,或轻灵飘逸,有时像白鹤亮翅,有时似玉树临风,令人神思飞扬。那些中年妇女们脸上飞上的朵朵红霞,仿佛又回到曾经的青葱岁月,飞舞的记忆中,那个少年郎曾为谁推开了紫藤窗。

节拍轻松、活泼动人的兔子舞,跳跳蹦蹦间,每个人仿佛又回到过去,重温童年美好时光,每颗心都飞向远方,每张脸都写满快乐,每个明天都写满希望。

充满异域风情的新疆舞,快乐大方,热情奔放。人们在高天流云的乐曲声中,脚步踩出朵朵诗行,指尖挥出层层画廊,举手投足间尽显万种风情。

中老年人和年轻人一样随着音乐的节奏变换着脚步,调整着节奏,他们时而柔软轻盈,如翩翩彩蝶;时而旋转敏捷,眉梢里飘飞出风摆杨柳,鸟语花香;衣角上飘飞出红裳翠盖,并蒂莲开。

水乡人的舞步仿佛携千年而来,时光只不过是水乡夜晚高高吊起的一桶水,举手投足间,所有的辛劳苦难都被冲刷得心平气和,羽化成尽善

尽美的幸福。水乡人的舞步,似一幅潇洒飘逸的书法,大地是宣纸,双脚是诗行,足音便是那平平仄仄。

在这方水土上,水乡人舞出了人生的健康,舞出了人生的快乐,舞出了人生的精彩。

失忆的妆台

花开了,又凋谢,只剩下几许寡淡的气息,在绿意盎然的枝头散发着静简的香。刚下过一场雨,妆台上蒙上一层厚厚的雾气,很想借这场雨挥去我烦闷的心情。用纸巾轻轻拭去镜面的一层水汽,对着妆台,镜中的容颜,略显憔悴,皱眉间,时光已自撩起长发的指间悄悄溜走。

自从调到新的岗位,连日的高速运转压得我几乎喘不过气来,许久没空写自己的文字了,好多话总来不及细说就成了终身遗憾,有些文字来不及记录竟糟蹋一颗温柔的心灵。时间留给我的只是一坛被岁月封存多年的陈酒,当年华渐次老去,镜中今天的我已不是昨日的我了,除了文字留下举杯畅饮的过往,就只有早现华发让我徒增莫名的惆怅和忧郁罢了。

总是怀念那个青葱岁月,明知不会再来,也喜欢在无人的时间去回味。一些生命纷纷远离我而去,生活每日你方唱罢我登台,浓墨重彩,演绎精彩又无奈的人生。

每当夜阑人静,卸去华服,揽镜自照,白天那个光彩照人的我与现在的我恍如隔世。妆台前的我,傻挂着苦瓜一样的脸,镜中的那个人也显出同样的表情,我苦苦一笑,镜中的那个人也对着我苦笑一下,我扮个鬼脸,镜中的那个人也是同样的表情。妆台前那些无声的语言,是我这些年来水墨走湿了的情怀。

前日回了趟老家,事先打了电话给父亲,母亲去帮弟弟照看侄儿了,家中只留下父亲一个人。年逾古稀的父亲,耳朵也已不好使了,有时候任凭电话铃响得几乎掀翻屋顶也不会去接,但当我刚刚拨通家中电话时,父亲仿佛能听到,隔着话筒也能感觉到父亲的激动,掐指算算离家的日子真的太久了,心中顿生愧疚。

曾在南京某单位干行政工作的父亲,身材魁梧、高大伟岸,那时每当父亲去学校送东西给我时,同学们都羡慕我的父亲长得高大帅气。

那天,当我的车驶到屋后时,远远就看到父亲立在巷头等我,满头白发在风中乱飞,乍一看,父亲活脱脱像个快要落了叶子光秃的枝丫,显得孤独而苍老,我的心猛地抽紧,眼睛变得湿湿的,而面前的父亲高兴得像个孩子似的有些激动,弓着腰身,将我迎回家中,许久没好好细看父亲了,面前的父亲仿佛是突然间老了,牙齿也已脱落,步子显得有些蹒跚,满头银发映衬得父亲越发显得苍老。

从前的父亲总喜欢拉着我对着妆台左照右照,高兴地调侃说我长得如何的像他,自从我离开父亲后,父亲就从来不拉我去妆台前了,也许父亲真的不想面对自己的苍老。

如今放在我家中已经掉色的老妆台,是那年父亲与同事去江西办事带回来的,据父亲说,那天他和同事去山里采购物资回来的路上,走着走着,竟与同事走散了。

山里的夜晚、月黑风高。父亲一个人行走在深山老林里,山风呼呼,虎啸狼嚎,令人毛骨悚然。大概走到下半夜,父亲一个人竟与狼对峙上

了,父亲用火柴点燃身边的枯树枝,到后来甚至烧掉随身的行礼和衣服才吓走那条狼,身边没有一粒干粮的父亲,在原始森林里行走了三天三夜,偶尔捧点山泉解渴。攀行在崎岖山路上的父亲舍弃身上其余的东西,就是没有舍得扔掉从当地老乡那儿购得的留给我做妆台的一块香樟木。

临到我婚嫁时,父亲原先为我准备下的妆台已成多余的了,因为我所购的嫁妆是最新款的组合式,一款造型别致的妆台已包括其中。结婚那天,我临走的时候,忽然看到父亲抱着那个妆台跑到我面前,当我回绝父亲说不用带走旧式妆台时,父亲的眼泪竟在眼眶里打转,最终我还是带走了那个老式妆台。

那个时候的我真的不懂父亲,直至我也为人父母后才知道了当初父亲为什么舍弃其他一切,而拼命捍卫一块为我做妆台的香樟木了,现在那款老式妆台又被我从储藏室搬到房间里来,每天早晨我都会静静逗留在它的面前,每当看到它就会想起父亲。

如今的父亲似风中的残烛,微弱的火焰在风中摇曳。若是什么时候,风稍稍偏离方向,油尽灯枯,老父亲再也不能在风中拉着我的手,用几乎没有神采的眼神注视我了。

沉默的妆台,前照古人,后照来者,妆台一天天在失忆,亮晶晶的时光,就不知不觉被这镜子照了去,日复一日年复一年,青丝变了白发,尚无悔,只是一副百转柔肠,想来,就只为镜子而生了。

缅怀也好,叹息也罢。时光依然一天天在流逝,妆台从来就不会留下昨日的记忆,真想拥有自己宁静的天地。期望没有纷扰,没有竞争,没有死亡,没有病残。我知道那些都是美好的幻想。当一切太沉重的时候,寻得书本,重温年少时诗意的浪漫,我始终坚信面朝大海,春暖花开的日子,有那么一天会光临我心灵的小屋。

纸上的故乡

一

在没有乡音的城市里，故乡就像卷在记忆里的一叠水墨长卷，一次次摊开，被无数次描摹。那些破烂朽败的老屋，风雨飘摇的小木桥，烟锁雾迷的村庄都被小河揽在怀里。村庄里，结着香炉型果实的老黄芽树下，铺着树影睡觉的大黄狗，淡墨描绘的无垠田野，簌簌涌向我的麦香，小巷里半夜响起的咚咚脚步声，是永远匆忙的父老乡亲，芳草萋萋的垛田里，有祖父母荒凉的坟墓。故乡，这个游子梦中无数次出现过的精神地点，有着水墨浸淫过的虚幻。

二

里下河水乡的甸张，像一个充满风韵少妇的裙裾，而赵家墩就藏在她的皱褶里，源远流长的故乡文化散落在童年的老戏台上，游走在街头乡村老艺人的渔鼓余韵里，飘落在大姑娘小媳妇们的花船花担律动中，揣在伯伯怀里陈黄家谱的字里行间，以及地方风俗民谣之中。

在离家的日子，赵家墩与老屋后的河流年复一年地沉默着，让人无

法猜透。

正如许多文人心中的故乡情结一样,我始终躲不开心底对故乡的思念与企盼。一缕清风,一缕云朵,甚至一滴雨露,都是一颗归乡的灵魂,都蕴含着淡淡的乡愁。

天气预报,江淮地区近期有特大暴风雨,我想,这是那些流落异乡的水,千里迢迢回家吧?

母亲来电话忐忑不安地对我说,市里搞区划调整,原来以烈士命名的那个镇被并入另一个镇区了,意味着故乡所在地从此归属别的镇管了。心里虽同样有些失落,但只能跟母亲讲这样的道理,小城镇建设推进了城市现代化的进程,区划调整可以最大地节约政府开支,并就并了呗。说了半天的大道理,知道母亲未必能懂,过了几天,母亲再次来电话,语气哀哀。

我像一条游向故乡的鲤鱼,被河流牵着,游走在村庄那些现代化的楼房和夹杂着的老房子之间,踏入这片土地,仿佛一下子接到地气和水气,显得格外的活泼。而眼前的村庄,到处留下拆除老房子的痕迹,七零八落,满目疮痍。记忆中的旧房屋,大树成片消失,手摇蒲扇的老人哪里去了,连一些熟悉的鸟儿也已不知去向。

从前上学必经之路旁,有一座奢华精美的大房子,如今已变得衰败空寂,摇摇欲坠,夹杂在统一格调的别墅中很不协调,无意中发现有老人隔着纱窗用清澈而明净的眼光看着我。

听说,当年这家富甲一方的房主已不种田,拥向城市淘金去了,而其不愿离开故土的老父亲和正在上小学的孩子,沦为村庄孤单的居住者。乡邻说,平日老人从不理人,整天围着老房子转悠,口中叨唠些谁也听不懂的词语,有人说他疯癫,然而,在我眼里,他倒像一个参悟通透的禅师。

只有老人孩子的村庄,如一个个大大的鸟巢,空落落的。乡村被格式化成毫无情趣可言的居住地,统一格调的别墅。

在这片曾经熟稔的生存场景中,我努力地搜寻家园的记忆,有老态龙钟的老妇迎面叫出我的乳名,眼里立时有了湿湿的感觉,原来,这里是家啊,是故乡,难怪在国外,一声乡音,一句问候,一个小吃,都能勾起游子的思乡情结,从而肝肠寸断。

那个晚上,我看到了小河上漂浮着轻纱般的雾气,以及挂在老家屋檐上一颗被漂洗得纤尘不染的月亮,轻轻摇动帘子,渐入中天,我不知这是否是远方游子祭乡的月亮?心像被人狠狠地揪了一把,多少年没看到赵家墩那样美好的月光了。自己恍若一个隔世的婴儿,不知不觉,早已泪眼蒙眬,很想狂奔到案头泼墨挥毫一首《浣溪沙》或《蝶恋花》。

三

是嘉兴一个清清流水旁的著名小镇,当年,祖父在江南做生意,将伯父留在了那边,辗转流离中,伯父身边贴身存放的,一定是祖父留给他的那本发黄的家谱,他将封面上家乡的名字用朱笔圈上,故乡的名字,始终是他最美的记忆,谱牒上记载着生命的来处,从此,成为伯父纸上的故乡。

纸上的故乡是移动的故乡,行走的生命之根。这样的记忆是如此的疏淡,但当伯父如风筝一样孤独地飘零异乡时,故乡就如无形的长线一样牵系着他的灵魂。

虽是关山迢迢,被工作和生计牵住,但伯父每隔一两年必回一趟老家。前年,伯父生病了,而且病得不轻。

谚云生有时,死有地,似乎蕴含着命运的定数。伯父似乎知道自己的生命已走到了尽头。

最后一次来老家,堂伯叫出伯父的乳名时,他立时泪飞如雨。不得不回去了,伯父去了祖父母的坟上,坟上栽有四棵柏树,那是母亲特地为父亲他们弟兄四人栽的,若此,四棵树就代表四兄弟了。那天,伯父默默

地在坟上拨拉了半天,最后抓起一把泥土,而后悄悄地摘下坟上朝西北的那棵树上的一根树枝,背过身去,偷偷取出一方手绢,置入其中,眼中有晶莹的泪光在闪烁。

端午前夕,他安详地去了,临终前,嘱咐家人一定要将那把泥土和家谱随身入殓,墓碑上一定刻上故乡的老名字。

纸上的故乡,远在天边,又近在脚下,真正蕴含只能是生活在别处。故乡于伯父来说,永远只能在心里,在纸上,一辈子,也无法走回生命的"老地方"。

四

故土是山之根,河之床,海之底,载万物,产五谷。父老乡亲世世代代在它上面,摸它,捏它,脚只要接到新活的地气就会感到温暖,劳作中得到休息,心里舒坦。于是,他们开心地在它上面栽树给小鸟搭窝,耕耘种粮,春蒸秋尝,创造财富,这样的生活让他们心里踏实,怎不让游子流连。

姑姑家的房屋和田地被征了开发办厂,刚刚建起的三层楼房被迫拆迁,开发商给予了很重的土地补偿,但当她看到推土机推倒房屋的那一刻,姑姑的脸一下子变得刷白,身子瘫软在地。失去了土地的姑姑突然间变得木讷而深郁,虽说她搬进了环境不错的拆迁安置房,小区里也长上了绿树,事实上,那些树只是安慰那些失去土地的浪子的装饰。姑姑在阳光房内种上了蔬菜,有时拿着剪刀去修理楼下的树木,但那些树木是物业的,不属于她,姑姑苦涩一笑,自嘲,人老了,犯糊涂了,到底是谁犯了糊涂,谁也说不清。

城市变成巨大的商品,变成了物,乡村被城市无条件地完成一个个陌生的进程,逼仄成不伦不类的边缘城市,瑟瑟地缩在一角,道路两旁到处种满现代化,黑压压的房子,天空被肆意分割,大片大片的田地被围墙圈起,杂草丛生,渐渐荒芜,等待那些钢筋混凝土怪物在它身上隆起。

在家园的转移上,姑姑失去了"发小",失去了乡邻,记忆和情感都在移动,朋友和告别的人群又做了一次刷新,故乡,在心中就像一棵长了很多年的参天大树,被一下子拔掉了自己的根,剥离了充盈地气的泥土。从此,失去土地的姑姑,有生之年,脚下永远隔着一层踩不烂的混凝土,踩在草皮上,但脚却踩不着土地,感觉没有踩在土地上来得直接和实在。

征地,租地,脚下的土地早已成了一片废墟,或一个空间,长不了庄稼的土地,已非真正意义的家园。

走过一些地方,城市建设确实让大地变美了,一些建筑精品在眼前不断诞生,人们不得不为之击掌,不过,也有些人让故乡的土地变得丑陋,成为垃圾,让人不由扼腕长叹。

也许多年后,我们的子孙后代对"故乡"这个名词会感到陌生,若在纸上读到小桥、流水、人家、炊烟、鸡鸭、老黄牛,这些字句,他们会感到茫然,困惑。试想,他们会将上海的某个小区或南京的某个地点当故乡吗?这些没有过感情联系和精神联系的地点,他们根本不熟悉。故乡不是一个简单的地址,故乡是一部生活史,是有温度的生活档案。

五

是什么让我们在不断失望中继续前行?那是一个叫"希望"的东西,现实总是不够完美,但希望就像一场赌博,在不断追求完美,城市建设让希望的门一扇扇打开,先民们对人生的精细与诚恳,他们从不敷衍塞责,所有的创造都围绕着建设美好家园。

新时期的村庄是充满魅力和生机的,城市的文明进程,让故乡"绿野丛中别墅林,电话铃声响不停;在家通晓天下事,高级轿车穿村行。"

一条条通衢大道从城市延伸至乡村,谁还会一叶小舟在水上晃动漂荡,"千日江陵一日还"已是现实中不难的事了,父老乡亲不再拒绝人类文明的进程,他们绝不一味地沉湎于无聊的怀旧,绝不自欺欺人地逃避现实,而是以强烈的自我认同去面向未知世界。他们在追思遥远的精神源头时,绝不是为了回去,他们只是把这些记忆刻在心上、写在纸上,用行动的双手勤劳地建设着现实的家园,跋涉的双腿丈量着更加遥远的土地。他们是情感的归人,实践的过客。

那些炊烟,青草牛羊,粗陋的泥路,散乱的篱笆,小桥与古屋,走南闯北的艺人——静静地躺在梦之一隅,时光这块抹布一天天抹去故乡的记忆,日新月异的城市正在拧断我与故乡最后一丝连接。故乡也只能放在心上,在这个寂寞的夜晚写些苍凉的文字,慰藉孤独的灵魂,在被风吹起的纸上抵达故乡。

波 光 塔 影

一支塔影认通州。了解通州,缘于不久前到北京参加一个会议,有幸一睹固守在清秋锁寒中燃灯宝塔的雄伟身姿和京杭大运河的迷人风采。

位于"三教庙"中的燃灯塔距今已有1300年的历史。古塔寂静肃穆,凌云耸立于大运河的北端,塔身为八角形十三层砖木结构实心塔,分须弥座、塔身、塔刹三大部分，砖雕斗拱、佛像、纹饰甚为精美，是京门通州的标志性建筑，1979年公布为北京重点文物保护单位，是大运河北端标志。据说当年运河船夫看见灯塔，就知道北运河的终点到了。

燃灯塔创建于北周，唐贞观、辽重熙、元大德、明成化、清康熙九年间曾予以重修，虽历经八国联军洋枪洋炮的轰击，唐山大地震的殃及和岁月风霜的洗礼，而千年来，燃灯塔握着岁月，扶着忧伤，头顶宽广辽阔的天，任风云起伏，日月浮沉，总是以一颗淡泊宁静的心态，直面尘情冷暖，以一种沉着从容的姿势，静对世态沧桑，把伟大写进平凡，把卓越写进淡然，在季节的轮替中，重复着不变的箴言，依然雄伟、壮观、挺拔、秀丽，是怎样的气度，又是怎样的襟怀呢？

微风徐来，铜铃摇响，悠悠音韵，动人怡情，仰望巍巍塔身，恍若步入仙境。沿着燃灯宝塔向东走200米就到京杭大运河了，这条河北起北京，南至杭州，全长1794公里，是我国与长城齐名的古代伟大工程，也是世界人类文化遗产。这条神奇的河流在广袤的大地剖出一条跨燕赵、走齐鲁、穿皖苏、连江浙，纵贯南北达3600里长的贯穿人类文明的河流，使得海河、黄河、淮河、长江四大流域的政治、经济、文化和思想观念，都得到了广泛的交流碰撞与融合，并渐渐滋润衍生出了京津繁荣、冀鲁风情、淮扬文化与苏杭美景。

京杭大运河以青石砌岸，白玉护栏，杨柳护堤，夜晚彩灯开放，流光溢彩。想必这座明清时期漕船络绎不绝、停泊待卸的商舶绵延数里、有"崇武连樯"之称的官用码头，虽修葺一新，现在却无一人一舟。想必"漕艇贾舶如云集，万国鹅航满潞川"说的就是当时通州的盛况。

立在运河之源头，惊奇于世上是否存在这样的画家，竟有那么神奇的力量，随意挥臂一洒，就在始点与终点之间绘上了世上最流畅的一笔。这条人工开凿的人工大运河分明是从祖国心脏流向丰腴肌体并扩散到一根根毛细血管和神经末梢的一支大命脉，河里悠悠流淌的似乎不是水

了,而是始终维系着中华民族兴衰,并一直在不断吐故纳新的血液,它以岸的姿势舔绿时光一路向前,走进凄风苦雨,走进纵横捭阖的岁月,去深入孤独和痛苦,从一线缥缈,到一派浩瀚,水流千古,闲愁千古。

和文友一行步入运河大桥上,那光彩夺目的灯光,熠熠波光相辉映,一树柳影,亘古千年,一座现代化的桥,擎起一个坚定的信念,执着地守候在季节的路口,等待一次又一次美丽的出现,来渲染生命厚重的色彩。也许每个人都是这座桥上的一朵美丽的花冠吧,每一次绽放都会在他的脊梁上刻下一道坚韧的内涵。

深秋运河的夜色,静谧如熟睡的婴儿般,扇动长长的睫毛,做着一个个色彩斑斓的梦,走在运河岸边,深深吸一口惬意清新空气,澄澈明净的水,深蕴了千年清醇的灵气,在生命的根部涌动清纯的元素,顺着千年足迹在历史长河涓涓流淌,似多情女子舞动一袭青衣水袖,浅唱杨柳梢间月,一种相思,万种闲情,涛走云飞,放不下心头之羁绊,时光流转,舍不去心灵之缠绕,用清清亮亮的汁液滋润万物的生机,使生命的枝叶繁茂成硕果累累的思想,在肃杀的寒秋昂起高贵不屈的头颅。

翘首南望,浮想联翩,"发显仁宫,出洛口,御龙舟。舟四重,高45尺,长200尺。上重有大殿、朝堂,中二重有房百二十间,皆饰以金玉沉檀。挽船士8万人,美女9000人,皆以锦绣之采,艳丽夺目,舳舻相接200余里。""马声回合青云外,人影动摇绿波里"这样的场景,描写的是当年隋炀帝行幸江都,"下扬州观琼花""漕船往来,千里不绝"怎么的一幅奢华与繁荣呢?

我仿佛听到这条流经我家乡的河流缥缈的歌谣隐隐约约,起伏跌宕,断断续续,于氤氲水汽中破空而来,脚下流水,节奏分明,试想千年以前,如此歌声,沉醉几人?如此歌者,多有雅兴?千年之后,谁还有如此之情致,泛舟于月色里纵横,做归来之夜唱!

沧浪之水浊兮,可濯我足;沧浪之水清兮,可濯我缨。窃以为:运河之水无论浊清,皆可濯我心。我不知道应该拿什么来比喻读这些给我带来的愉悦。读这条河流的时候,岸边的菊花开得正好,细叶抽轻翠,浅花逸淡香,清风配乐,流水调琴,一行人的脚步谱出平平仄仄小夜曲,仿佛在丝竹管弦里弹奏别样的情致,那一刻我只能描它入画,让运河铺宣,在水墨丹青中临摹它的意趣。

风雨海春轩

时序交替,昼夜更迭。而海春轩塔似位饱经风霜的历史老人,屹立在古老的运盐河畔十三多个世纪。他的喜怒与荣辱,他的思考与沉吟,他的叹息与长啸,全都蓄积于胸中,在月光中太阳里,醉着、醒着、梦着。他默默地,默默地用悠悠运盐河做墨,把自己的千年沧桑,演变成华夏东部的民族发展史。

是的,只要你稍加关注,还能从塔顶的铜葫芦、相轮、铁覆盆或塔基哪个地方,窥出当年海水浸泡之后残留的盐汁,那直冲云霄的"定海神针"还残留着改朝换代的历史风云。海春轩塔下,依稀听到清代诗人吴嘉纪"溪光浮佛舍,塔影压渔帆"的诵诗声;运盐河畔,隐约听到当年渔民裂人心肺的哀怨呼号声;溪光塔影里,尉迟恭平定天下的厮杀声,渐渐地化为轻歌曼舞在溪边缭绕徘徊。海春轩塔高举着天空,触摸着岁月,董永与七仙女在他的肩上,岁岁年年,踏月相会,金月轮轮,玉光沉沉,其

情融融。

相传唐朝建立之前,山西朔州(今朔县)尉迟恭之母曾到西溪避难。西溪东面是大海,沿海多为盐民和渔民。渔民出海捕鱼每遇浓雾或风浪,常有海难发生。尉迟恭母亲见此情景,她嘱尉迟恭日后若为一官半职,定要在西溪建一座宝塔,以便渔民出海辨别方向。李世民后感恩于尉迟恭曾在战乱中救过他的命,在平定天下之后,遂准奏在当时军事要塞,全国重要的产盐之地南通到淮河口建一座方向塔,并由尉迟恭监造,此塔又有"孝母塔"、"尉迟塔"之称。

据清嘉庆《东台县志》、光绪《扬州府志》、《江苏通志》记载:海春轩塔为唐贞观年(627～649)年间由尉迟恭(敬德)监造。传说塔顶是"分风铜"所制,有了它,台风会越境而过,故沿海渔民称之为"定海神针"、"镇海塔"。

长天漠漠,黄海涛涛,千千阕歌,斑斓着海春轩塔不朽的魂魄。海春轩塔是有生命的。他被黄海和运盐河滋养着,个性里充满了水的圆融。仁者乐山,智者乐水。这水,天生就是为了启迪东台人民智慧而生的。海春轩塔因了这水,成其为从远古走来的智者,高高耸立于"董永故里,仙配福地"的东台西溪。

千百年来,这座七层八角砖结构的密檐塔,始终屹立在沃野之中。他见证着黄海的东迁,沧海桑田的变化。成了黄海之滨古文化的象征,东台人民心理的寄托,祖国东大门上的一道神圣的画符;成了镇服水患的神坛,也成了老百姓膜拜的图腾。然而真正使古老的海春轩宝塔回归温情、重唤光彩的,还是改革开放30多年来,东台人民图存求新,顽强拼搏,脱胎换骨,老态龙钟的海春轩塔终于惊喜地看到,30多年后的东台怎样由当年盐碱荒滩变成"东方湿地"的,怎样变成"生态家园"、"黄海明珠"、"全国百强";又以怎样崭新的姿态崛起在黄海之滨,焕发出现代文明的光彩。

如果说,滔滔黄海像一个胸怀宽广的父亲;广袤无垠的黄海大滩涂像历经沧桑的母亲的话。那么,东台百万人民就是这对奇特的双亲孕育出来的骄子了!海春轩塔,这位饱经风霜的老人难道不是这奇特的双亲那曲折多艰的证婚人吗?是的,海春轩以他的古老和渊博,在默默地注视着东台改革开放30多年的沧桑巨变,在默默注视新东台在东方迅速崛起。

海春轩似位历史巨人眯眼看树冠摇曳,风起云涌,雨落海纳,万象百态。赋心以灵犀,给思想以翅膀。目极八荒,神贯宇宙。如今,岁月滴雨苔藓,笙歌厮杀渐行渐远,代之而为现代文明赋予的和谐和喧嚣。但那些斑驳的塔砖仍不时裸露出历史的痕迹,如兀立的塔基托起一段通往今昔的桥梁,连缀着东台人民心中那些神奇碎片。

滔滔黄海包含着中国东部历史的博大与精深。那川流不息的运盐河水,蕴藏着黄海之滨的百万儿女顽强与坚韧,聚集着东台儿女的负重与拼搏。看到这些,海春轩这位历史老人,会产生什么样的现代感觉?

一座阅尽人间沧桑的海春轩啊,就是一位见证历史的发展史!他的每一块砖就是一首用历史圣火烧就的地方民谣;他的每一个砖缝都是黄海儿女承前衍后的年鉴;他在风中的每一声呐喊都支撑着东台人民的喜怒哀乐,他的性格诚实厚道,他的身躯顶天立地,他的容颜历经风霜,他的精神负重拼搏,所有的词汇聚集一起,难道不正是构建和谐东台的一座历史丰碑?难道不正是百万东台人民安居乐业的人生殿堂吗?

半亩方塘一鉴开

列车奔驰在一望无垠的田野上,窗外所有风景都被抛向远方,被抛向远方的还有那两条铁轨,它静静地卧在那里,就像生活的两条单行道,将快乐和忧伤都抛在了后面。

掠过眼前镜面似的池塘,低头吃草的老牛,锦绣般绚丽的水乡风景。天、地、人,都恰到好处地融合在一起,让人有了稍纵即逝的感叹,惊鸿一瞥的铭心。

车厢内的广播里播放着一个关于水乡行的大型文艺节目,主持人轻松诙谐的语调,还有极具穿透力的歌声伴随车轮与地面欢快的磨砺声组成了优美的交响曲,令人心驰神往。

望着窗外想心事,思绪飘忽得不着边际。坐我身边的姑娘合上刚捧在手上的一本书,托着下巴兀自想着自己的心思。

小桥是淡墨描绘的一抹轻鬟,时光中听风、听雨、听岁月静静流过。当飞波流韵的池塘从眼前掠过,立时有了水墨式的缥缈。朱熹的诗句便不可遏制地跳入我的脑海,"半亩方塘一鉴开,天光云影共徘徊。问渠哪得清如许,为有源头活水来。"

朱熹这首小诗虚实结合,步步紧扣,再读再品,原本浮躁的心,随着诗中的半亩方塘铿锵成一鉴而开的春水了。

走入朱熹诗中的半亩方塘，是怎样的一片天地呢？"半亩方塘一鉴开"，蓝天白云下，明丽清新的田园中，波光粼粼的一片水塘，似云影天光下辽阔地摊开的一面镜子，开笔即铺陈得恬静而幽雅，沁着水痕的故事，插上了想象的翅膀，让人有了千般的幻想。

"天光云影共徘徊"。这面"镜子"中映倒映着蓝天上飞翔的云朵，那清澈的水面多么静谧可爱了，让人如此的徘徊，蓝天在水光潋滟下松绑、雨露为空气浇灌，荡涤去尘世多少烦愁，在这样的意境里，万般俗事皆抛下，淡泊而忘忧，不再去想来时的地方。

问渠哪得清如许，这水为什么如此清澈呢？他高兴地自己回答道：为有源头活水来。笔锋一转直抵事物的内核。无论是杏花春雨，还是秋水落霞，水都是一样的妩媚、一样的情怀滋养着万物生灵，因为源头总有活水汨汨而来，亘古不息。

在诗意匮乏的时代，一池的流水似日子一样缓缓驶过，多少繁华经过岁月的沉淀，返璞归真归自然：心灵的自然，天地的自然，出岫的白云，悠悠的行空，飘逸流韵。

一幅美丽的自然风光图卷，已经令人读后清新明快了，更令叫绝的是题目，是观书的感想，当我们一杯香茗，一炉幽香，一本史书，静静独坐，领略人生的况味，天际之浩渺，四季之神韵，茶香袅袅，此时并会看花花解语，看草草能言，清约宁静，心灵朴素平和，填补了生活中多少物质的空白和遗憾。天象与物像，读书与心灵有机地融合在地一起了。

朱熹在赞美读书有所领悟，心灵中感知的畅快、清澈、活泼，以水塘和云影的映照畅叙出来了。他的心灵为何这样澄明呢？因为总有像活水一样的书中新知，在源源不断地给他补充啊！

朱熹的一首小诗，给我们诸多启示，多读一点好书。由此，察己则可以知人，察今则可以知古。摒去浮华给予我们过多的欺骗，天然去雕饰，清水出芙蓉，真正的美丽是来自心灵，不是粉饰得来的，读一本好书亦

与太阳一起行走

如结交一个纯洁透明的知心朋友,读之就如漫步在曲径通幽的林荫小道上,远离了尘世的喧嚣,回到天地自然中去,树木花草夹杂泥土的芬芳,那豁然贯通的云影天光如次第绽放在心灵上的花朵,充满盈盈暗香沁人心脾,此刻,人世无情,花木有心。

复杂的,归于简单;做作的,归于自然。

玲玲的天空

清晨,阳光薄薄的、脆脆的,似层玻璃糖纸,透过温热的空气,甜蜜而芬芳,伴随着我们对曾经接受捐助的莘莘学子的回访旅程。

一路的奔波,南京成为我们活动的第一站。午后的阳光在草木间散发着诱人的气息,大学校园内,林间树影婆娑,不闻人语,偶有鸟鸣,一群群学子穿行其间,很久没有见到这种茂盛与温润的样子了,寂静而肃默的学习氛围,正应了"小园香径独徘徊"的意境。

十年寒窗,金榜题名。面对高额的学费,有时理想、信念、责任,会在无声的黑暗中被吞噬。八年来,许多人用爱心和责任托起的助学行动,用阳光驱赶黑暗,点燃贫困学子心中那盏希望的灯火。如今,分布在世界各地曾受资助的贫困大学生,有的学业有成,出国留学或读博读硕;有的事业有成,成了公务员或国内外各行各业的精英。当我们再次见到活泼健康,快乐阳光的他们时,不需面朝大海,就早已春暖花开了。

同一片蓝天下,幸福的家庭各个相似,不幸的家庭各个不同。命运之神并不眷顾每位学子,当绝大多数少年在父母的羽翼百般呵护下,尽情享受快乐时,却有人过早地经受艰难困苦的磨炼,饱尝人生的艰辛,令人憧憬的大学生活,对于他们来说成为一种奢侈。

3岁那年,灾难就如影随形于玲玲左右,妈妈在泰州运黄沙时,因撞船事故船沉人亡,从还没有记忆的她视线中消失,没了妈妈的玲玲,生活裂了一个大大的口子。

既当爹又当妈的爸爸很疼爱玲玲,然而幸福总是那么缥缈和短暂,有时让人怀疑它似乎真的来到过。7岁那年,爸爸意外中毒,命运又一次无情地夺走了玲玲的爸爸,没有了爸爸的玲玲,一夜间成了漂泊的浮萍,没了根。

受爸爸去世的打击,奶奶又中了风,似一片枯叶粘在床上,每天只能靠药物维持生命。屋漏偏逢连夜雨,紧接着的一场大火几乎把玲玲家房子烧光,生活的残酷将童年生活的意志消磨殆尽。

草木之人,浮世一生,唯亲情母爱最重。招婿在外的叔叔毅然担负起抚养玲玲的责任,然而灾难再次降临,帮人家开货车的叔叔又因汽车爆胎翻车,车毁人亡。一连串的灾难,使本来不富裕的家债台高筑,年迈的爷爷种几亩薄田聊以度日,家庭的重担成为压弯爷爷的"最后一根稻草",终于积劳成疾病倒了。

瘫痪在床的奶奶面容枯槁得像一颗核桃皮,不日也追随爸爸而去了。苦命的玲玲想:奶奶要真是核桃多好,最起码核桃掉在地里来年还会发芽,而奶奶再也不会回来了。面对一个个亲人的离去,玲玲的心苍老复加,真的希望爸爸妈妈还有奶奶如果有来生,都远离人世间的苦难。

玲玲爸爸和奶奶的后事都是沿海村七组村民和亲戚捐款料理的,那年,玲玲高分考取本省一所重点大学。接到通知书的玲玲既喜又忧,彻夜未眠,这时,人民医院院长林刚和崔岚带着行李箱和现金来了,市、镇

与太阳一起行走

妇联的阿姨顶着酷暑来了,省市媒体也向玲玲伸出援助之手……

　　玲玲是含泪讲完这些的,我们也是流着泪听完这个故事的,摄像记者的手在轻轻颤抖,我也陷入深深的自责中去,也许是我们又一次碰痛了她的痛苦。在后来的采访中,我一直不敢去问及其他孩子的过去,我怕一不小心,刺伤他们曾经的伤痛和一颗脆弱的心。

　　这里我想对他们说:孩子别哭,生活中除了有风雨、霹雳,别忘了还有雾霭、流岚。阳光总在风雨后。

　　除了看得见的学费,在人生词典里,有两个词一直照耀着玲玲前行的道路,那就是:感恩、拼搏。助学活动给予了玲玲最宝贵的东西——爱,而来自社会的爱心就像这些学子人生道路上的开关,轻轻一按他们便来到光明的境界。

　　玲玲学的是气象专业,志向是报考国家公务员,玲玲在校的学业优秀,学习之余还勤工俭学,大二已入了党,还是优秀团干部,年年拿奖学金,她积极向上的人生态度让我们感动欣慰。玲玲:脆脆的名字与温婉的性格正暗合了此意。

　　一份阳光的事业,就能燃起人生的希望,仿佛沙漠里的一泓水,滋润了干涸的心灵,让这些优秀学子知道如何反哺家庭,回报社会,学会自尊、自强、自立。

　　一个美好的期待,一份爱心的传承,我们无法拒绝。这,也是我们乐此不疲的理由。

　　在城市中游走,那些积极向上的学子的影子一直在眼前闪现,人生的况味也随之扑面而来,思绪在一次次感动中沉醉,夕阳像绽开的雏菊闪现着光华,天空特别的蓝,白云特别的静,经过时间的浸染,从凝固的时光中走来的我们,为自己找到了下一个行走的方向,温暖的气息一下子在心灵深处扎下了根,静静地等待枝繁叶茂。

大 河 起 舞

之前，我对这条河流知道的太少。只知道打我记事时这条河就从村庄的背后流过，至于流了多少年不知道。三奶奶称它为大河，我也这样称呼，总之，看到范公堤身边飘向远方的大河，我就想到父亲键肌发达的胸膛，以及母亲的柔情似水，儿女情长。

三奶奶还是小姑娘时，在河边洗头、捉鱼、看花开花落忧伤，三奶奶成为老人的时候，在河边晒暖、看雨，看远逝的孤帆沉思。三奶奶听她的奶奶说，大河时常起舞，从南宋相沿至今，历经千年不衰，而且大河一旦起舞，村庄里一定有喜事或大事。

后来知道，大河是贯穿里下河南北的人工河道，前身为复堆河。早在唐大历年间，黜陟使李承任淮南节度史判官时，由于地处黄海之滨的东台屡遭海潮侵袭，便组织数万民夫就地挖地取土修筑了一条长一百四十多华里的捍海堰而形成大河，此前，在土阜隆然，蒹葭遍布的大河岸边，民歌民谣漫乡遍野，庄稼一般多，也像庄稼一般朴实自然。从丁头府茅草屋里飘出的歌谣也饱含岁月的沧桑："二七佳人懒梳妆，埋怨爹娘少主张；多少郎君你不配，将我许配种田郎；春天时节挑野菜，三四五月插黄秧；秋天八月把稻割，寒冬腊月补衣裳；一年四季忙煞我，哪有功夫来梳妆。"大河上渔船里飘出的更是女子的哀怨叹息："二七佳人懒梳

与太阳一起行走

妆,埋怨爹娘少主张;多少郎君你不配,将我许配渔船上;男将(丈夫)船头去撒网,我在梢后来划桨;取到鱼来丈夫卖,我在岸边补坏网;头顶芦席脚踏舱,眼泪滴滴烧锅箱(土做的灶台)"。字里行间直截了当,不用形容词,硬生生丢在石板上。

再度疏浚大河,是北宋天圣年间,范仲淹在复堆河基础上筑成捍海堰(后称范公堤)。从此,"农子盐课,皆受其利"。因为大河由上冈向南延伸到海安,与通扬运河相交,北经东台、盐城至阜宁入射阳河,全程一百八十公里,贯穿丁溪、草堰、东台、何垛、梁垛、安丰、富安等十三个盐场,故又名"串场河"。

大河似一条炫丽的玉带飘拂在苏北平原上,与所有河流相连着,整体存在自然界中,一起奔腾,一起咆哮,或者一起沉默,故推断它是与长江、大运河息息相连的母亲河。

一直以来,我喜欢流连在一些关于大河的画或摄影前,试图在这些画或照片中找到大河真正的影子。每到春季,水边长出的芦苇就像一根根倒竖着的笔尖,给人一种呼之欲出的蓬勃感,河岸的树林里就会冒出小伞似的蘑菇,这时候,一些人家就会小心翼翼地采些蘑菇,和着腊肉炒出来的是离开家乡的每个儿女对大河不变的眷恋,在想家的每个春夜,就会想起母亲餐桌上的那盘馨香。

每当芦苇长到齐膝深时,站在河岸放眼望去,在春雨的滋润下,那嫩生生的绿会洗去心中一切尘埃。轻风拂过,满眼的翠色此起彼伏,就像妈妈的手抚过面颊,漾起的阵阵笑靥,让人不由自主地深深吸一口醉人的清新。紫蓝的天空,有片片鱼鳞似的纹云浮着。然而它不是雪那样的白,倒染着淡淡的红晕,宛如一个恬静的少妇不胜薄酒的样子,那七分的醉意,令春风也起了微微的羞怯。所以那蜿蜒如带的河内,皱起了细细的涟纹,恰似热恋中的少女在曼妙轻舞。

风筝在孩子们的笑声中飘摇升上半空去了,连同它们放飞的还有儿时的梦想和心情。每次都不会失望离开，因为我爱着那些画中的风景，河里的一朵莲花，或者一株水草，一尾淡鱼，甚至，河边的一间草房子，哪怕是一缕炊烟，都让我感觉无比的亲近。

　　大河的生命，我想就在那些它所孕育包容的其他生命中，比如一朵小花，一头黄牛，甚至一把春天带着湿润地气的土。生命有浓重的体味，有些许的腥，淡淡的甜，还有隐隐的香。这些味道总是溶入河边村庄一群打着赤膊的天真的村童生命里，每当河里水草茂盛的时候，这些村童就会在她宽容的怀抱里扎着猛子，在浪花里嬉戏。任黄昏的太阳洒落满河的霞光，河水是明澈而欢悦的，那群顽童也是明澈而欢悦的。在明澈而欢欣的节奏里，岸上的炊烟温暖地升起，晚归的老牛腆着肚子从青草地上幸福地走过。帘卷晚天，暮云淡淡，禾苗在清风中飘香，青蛙们低吟浅唱，甚至水乡里的情歌也从田畔飘来，脆生生地跌落在大河的漩涡里，惹得那群光腚顽童笑得更加肆无忌惮。故乡沉浸在一幕静穆的图画中，飞舞的思绪也定格在那群顽童的画面上。

　　大河伴随着朝代的更迭、战争的风云、血与火的洗礼，与岁月一起流淌。据说，每年的清明前后十天，在河道纵横，交通便利的水乡，人们舟辑出行，祭奠亲人。

　　1938年4月，日寇为了策应徐州方向的攻势，由上海增兵南通，沿通榆路由大河直奔村庄。国民党江苏省主席韩德勤麾下虽有几万人马，却一枪未放，望风而逃。日寇在盐城实施"焦土抗战"，把盐城烧毁了大半。长驱直入占领了东台、盐城、阜宁县城。

　　三爷爷是个教书先生，会舞龙灯，为了保家卫国，三爷爷在当地带头成立了小刀会，聚会练刀。这些本来互相矛盾的地方力量，在国难当头、外敌入侵之际，自发地联合起来打击侵略者。日本鬼子为了表示他们亲善友好，找到乡长要组织民间活动欢迎他们的驻入，乡长要三爷爷三天之内组织好龙船队，那时村庄里的青壮年都被抓去当壮丁了，日本鬼子

与太阳一起行走

杀进大河边,飞机整天在海春轩塔上空盘旋,炸毁百姓的房子,缫丝井上的凉亭和广福寺炸成一片废墟,村庄除了妇女儿童就是老弱病残了。

那天,狂风骤起,三爷爷带领的数十条船在大河上将龙身挥舞得似出鞘长剑,嚯嚯生风,直可削铁为泥。欢呼声潮水般一波波掀起,日本鬼子大呼"万岁",忽然,一条条船似一支支离弦的箭朝鬼子的汽艇包抄过来,一支支竹篙刷地直刺鬼子而来,猎枪、大刀、长矛,短兵相接,杀声震天,河水被掀起尺把高,三奶奶说,三爷爷领着人们从早杀到晚,夕阳下的大河被血染得彤红一片,怒舞一夜的大河于次日将三爷爷颠上河埠码头,在成殓三爷爷时,人们说:不要把泪珠滴在三爷爷身上,那样三爷爷会走得不安稳。

沧海桑田,而今大河再不仅作运盐之用,也不是一条普通的河流,她是盐阜大地上的一条血脉,滋润着盐阜大地每个儿女的心田。大河的年岁已老成我们的太祖母,老得就像那本陈黄的家谱,需要小心轻翻,稍不留神,便会碎成一把粉末。而她甘甜的清流始终滋润着我们的生命根须,成为我们的生命所依、精神所寄,在大河怀抱里长大的我们早已将这条河流融进了历史,注入了自己的文化思维里。

在我十七岁那年,农村分田到户,当年农民丰产丰收,我才真正意义见到了三奶奶所说的大河起舞。几百条船只和上万人云集大河之上,编成多个纵队,绵延数里,锣鼓震天地响,人们沉浸在四时八节的热烈气氛中,篙手应声而动,水面上竹篙如林,千舟竞发;扬篙如长矛列阵,下篙似巨蟒入水,巨龙起舞,腾挪起伏,栩栩生风,篙起篙落似千军万马掠平川,势不可当,那次,我第一次看到了大河的精气神。

也就是那年,我踏着大河第一次远离村庄,激动、留恋、还有一点伤感,从村庄将自己一点一点剥离,那一刻,忧伤凝结着的木楝花,在日子的黑洞里,燃烧着忧郁的生命,轻愁如织,和着院子里鸣叫的秋虫在枝头的夕照上高高悬挂,拒绝离去。

"鸟来鸟去山色里,人歌人哭水声中"。引我回到再次大河身边的是满耳的弦歌喜炮声,在白墙青瓦的"农民佬儿生态园",柱着拐杖的三奶奶笑容像绽放的菊花,她指着河对岸连片的厂房以及不远处的养禽、蔬菜大棚基地告诉我,政府搞招商引资、全民创业、沿海大开发,还有董永七仙女文化园,永丰林生态园,黄海森林公园的旅游开发,如今的大河总是水动波摇,笙歌曼舞,"绿野丛中别墅林,电话铃声响不停;在家通晓天下事,高级轿车穿村行。"从三奶奶缺牙的嘴里冒出的现代词语和民谣同样惊人。

大河默默承载着流动的时光、繁衍着人们的喜怒哀乐,以一种行走的姿势诠释着生命的活力。久居闹市的我寻着大河的气息,追踪童年,少年,乡村的往昔,怕一松手又跌入滚滚红尘。

与太阳一起行走

第二辑

荷风莲影尽芳菲

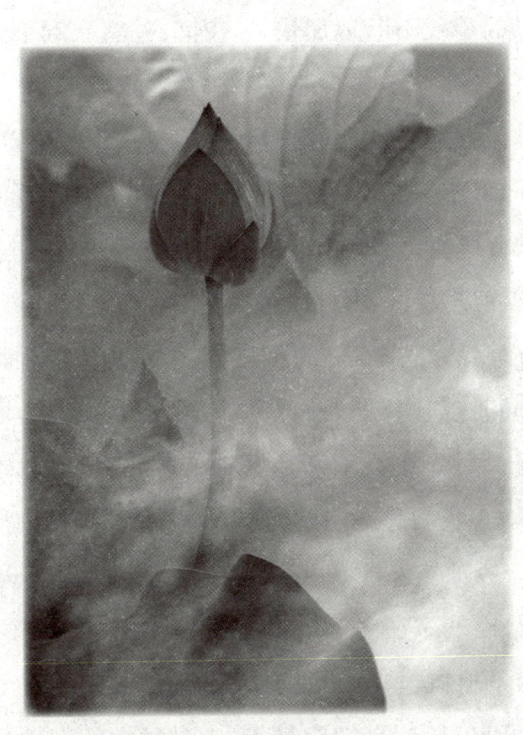

平行的风景线

　　一阵紧似一阵的风,昼夜不舍地吹,寒冷便一下子逼近,阳光还没来得及转身,岁月就一下子失去耐性,像个粗暴的汉子,狼奔豕突般驶过,将时光撕成碎片,从蓬勃到萧条,仿佛就在瞬间。太不寻常的气温,使树上叶子凋零的步伐不断地加快,一夜间,苍穹宇廓下,满街满地,躺满一地的树叶。

　　十一月,岁月的车辙已延伸到天的尽头。乍回首,离开起点已经很远很远。昨日还是秋阳爆裂,今日已冬意浓烈,转瞬间,又有明星跳楼,昨日还是歌台舞榭,今日亦已阴阳相隔,想起这样一句话:生命可以被想象,但不可以被割裂,也不可以被复制。

　　十一月,已然站在岁月的尾巴上,当风从背后阴柔地吹乱我们的头发和身影,同时也吹开了人们包裹得严实的心思,也吹来许多关于凛冽严冬的信息。时光还在不断地播种,我们却觉得碌碌无为、颗粒无收。在生命历程中,我们总在追逐,想留下生命的痕迹。然而,我们发现,浑沌中的时光,撕扯得人日不息,夜不宁。记忆的背景早已荡然无存。

　　十一月,已然站在冬的风口,由不得你不成长、不成熟,更由不得你的步伐从容不迫,在季节的面前,我们显得慌乱,甚至有些狼狈,猎猎风中,我们只好裹紧衣服,埋头行走,走过林立的高楼,踏过流动的污水,

头顶天空流浪的云朵,面对城市角落里荒芜杂草和断壁残垣。朝前看,原来,眼前还存在着一棵棵飘绿的树,偶然发现,我们的信心从来比不上一棵树,在顽劣的秋风中,因为没有因一场迅猛的风和一回强烈的降温而使它们失去暧昧的春色。只有这些树,尽管长老了偶犯糊涂,但睡过去了,来年又会重新吐绿,难怪隔壁大爷时常对我说:人不如树啊!一棵树,让人对时间重拾信心。也许这些树才能成为我们记忆的依赖,成为生命和时间的见证。

十一月,是个慵懒的月份,多少有些仓促。月份牌里,它像两条平行线,快乐和忧伤就在这样匆匆走过,有时候,感觉和行动好像是约定俗成,某一天,我们的盼望竟被日子肆无忌惮地更改,不断地刷新,少有被物纠缠,也少有纠缠于物。物物而不物于物。岁月的羽毛上,我们眼里看到的是不同的风景。

十一月,岁月的尾巴又在彼端招手,稍不留神,就会一下子跌进事先安排好的结局中去。这条短小而狭窄的尾巴上,温暖已经残留不多,所以我无比小心地,怀着一种局促的神情,仰望着这个结局。喜欢的,不喜欢的,都如影随形而来,一切一切终究无法预料。

在这个平常得不能再平常的日子里,我们半盏茶,一炷香,几本线装书,便让时光刻进了岁月的掌心里。假如我们有了先见之明,去安排生命中的一切,就失去了等待的兴趣,我们宁愿在等待和希冀中前行,尽管局促不安,因为有了等待才有希望。我们在期待中守望,在守望中期待,在绝望中希望,在落寞中遐想,因为期望着希望,纵然苍老也不绝望,就这样,在等待中让日子平平淡淡地流走。

会唱歌的石头

再登普陀,正是初冬飞雨,天灰地暗,巨浪滔天,寺院峭立,人间繁华敛尽时。

素有"海岛植物园"之称的普陀山,四面环海,潮生梵音,古樟遍野、紫竹婆娑、幽幻独特,不失为"第一人间清净地"。寺塔崖刻、梵音涛声,皆充满佛国神秘色彩。岛四周金沙绵亘、渔帆竞发、青峰翠峦、银涛金沙环绕着古刹精舍,是高僧沙弥参拜的佛地,善男信女祈福的圣地。

普陀的雨,也是细细的,绵绵的,不断线珠子似的,绸缎般柔软,清洗得天地别样的静默,天一静默,人心中的藩篱也被冲洗得水一般空明宁静,树梢上落下的雨,点点滴滴落入尘埃,归于静寂。这样,静的更静,暗的更暗,惆怅的更加惆怅,一切都暗合了佛家净地的意境。

青石板铺就的路上,沾上雨,一行人走着,湿滑无比。道路两旁翠绿着的树似乎更暗沉了些,却更加浓厚了。走着走着,同行的人便稀稀拉拉的,队伍渐渐松散,有人咕哝,什么天呢,坏了兴致。

天似穹庐,笼盖四野,一路走向纵深。树荫里,隐隐约约不知从哪里传出清丽静谧的佛乐,初时不过一些安静的,空灵的,婉转的,低调的音符,细听原来声音是从石头里传出的,有同行的人惊喜地嚷:"咦,石头怎么会唱歌?"

头顶不断有懒散的云飘过,有勤快的风吹过。再往前走,到处有会唱歌的石头,仔细观察,竟然是一个个用石头伪装了的小音箱。渐渐地,同行的便都静了下来,每个人的脸仿佛朵朵莲花,层层叠叠,次第绽开,眼前仿佛有粉的、紫的、黄的、红的五彩缤纷的花,一下子,全开了。后来,连包裹花朵的叶子们都低着头战栗起来,竟像我柔软的、无法克制的内心。有些潮湿的液体,慢慢地充盈着身体,感觉,在那些花和草的绽放中,在这清淡而又不息的乐曲中,自己仿佛从亘古的沉默中被唤醒。

普陀梵音,余韵不绝,此刻,早已把自己交给苍茫,把喧嚣的城市留在了身后,心地也纯净起来,有了隔世离空、浮世飘零的感觉。

在开始热闹的南海观音处,摩肩接踵的香客,同行的人都各自走开,寺院里有信众在念佛,笃笃木鱼声一下一下传来,久久不散,许是瞌睡了,或是远道而来,疲惫不堪,或是人老了的缘故,快一声慢一声的,在我看来,越发彰显出世的本真和安详,和儿时听到的外婆打连枷的声音一样的好听,备感亲切,那是尘世间的温馨。

此刻,我成了一个读者,细细地一字一句地去读每个人的表情,人们的虔诚,人世间的光华,生怕错过一个字、一个词,从而错了普陀梵音的意韵。

走近普陀,感觉别样的清净,海面上吹来的风中,路边石头里婉转的曲,细腻地唱,钟磬梵音,此起彼伏,隐隐约约的烛光,是香客们上香的烛火,红红的火苗,寂寂地荡漾。原来,普陀的底色,最终是温暖的。

雨住了,沿着木板铺成的路往回走,清冷的风中便漾起阵阵涟漪,石头里的歌声渐行渐远,百转柔肠之后,似思念,又似祝福。

春萌冬萎,自然之造化,同样,作为人也不能自列于山水之外,一样的景物,一样的声音,却有了千姿百态的好。想来,因了不一样的心境,石头也会唱歌。

千垛菜花　千岛风光

　　是一个晴朗的下午,与朋友相约,踏足兴化缸顾的千垛田,大大小小,无数个垛子,或长,或圆,或方,或密集,或疏离,像颗颗灿黄的珠子零星地撒落在水面上。一幅"河有万弯多碧水,田无一垛不黄花"的自然风貌,不得不令人怦然心动。

　　河如阡陌,千岛花黄,来到这里,才知道,原来这里就是梦中无数次到过的地方。初来乍到者定不会想到,这里曾是泥土特缺的泽国水乡,也不会想到,这烂如云霞的垛田,竟是兴化的先民们一方土一方土从水里捞出,似燕子衔泥,种上油菜,堆成风景,如此,才有了这千般的心动。

　　蜂拥而来的游客,成了千垛菜花间最跳跃的音符,打破了这里的沉寂,使小镇变得生动起来。原来,又是一年菜花黄,今年,是兴化第二届千垛菜花节了。或许是从没见过这漂浮在泽国水乡菜花开放的姿势,或许是这蓬勃的气势太过于热烈,太过于恢宏,太过张扬。和别处的菜花不一样,千垛菜花却是有点让人恍惚,恍惚间,千垛菜花又有什么不一样的东西与我们迎面相逢呢?

　　垛为泽国,大大小小的,四面环水,如此,垛与垛间往来,皆需舟楫,老农悠悠地驾着小船,橹声桨声漂荡在水中,舒心的笑意写上了他们的脸庞。扎红头巾的船娘摇着晃悠悠的小船,蝴蝶般地在花间穿行,有风身边轻轻划过,有云天上悠悠飘过,轻描淡写中,岁月并从身边淡淡流过。

用木头架起的一座座长桥穿行在阡陌之上，将无数星星点点的垛田连接起来，桥桥相连，于是垛田与垛田就有了一气呵成的流畅气度。

有花轿唢呐吹吹打打花间穿过，于是，一些欢声，一些笑语并淹没在小桥流水间。还有情人相搀相扶缓缓踏上了小桥，这时，锁雾烟迷的小桥，则成了淡墨描绘的一抹轻颦。

花间的脚步因为翘首眺望，因为驻足流连，或是散漫的，或是轻快的，不过，这里的许多脚步最终都留给了小木桥。来自四面八方的人们走过桥，走过时间，走过此刻，走进花间，同时，也走进了郑板桥的故乡，更是走进了兴化的历史和未来。

菜花是一样的菜花，一样的朴素无华，一样的晶莹剔透，一样的金黄灿然，环顾四周，挤挤挨挨，相亲相爱，蓬蓬勃勃。在里下河水乡，菜花漫乡遍野，比比皆是，而像兴化的千垛菜花只有一个，景致和别处却是大不相同，一个个独立的垛田像一只只金盏盛满玉液琼浆，黄得耀眼和动人，这样的炫目是实实在在的唯一，只有静下心来细细观察，才会体会与别处的真正不同。因为有了水中的美丽船娘，花间的朴实老农，桥上娇羞的情人，所以，这里的菜花少了几分洗练和超拔，多了一种散淡与写意，少了一分浪漫和华贵，多了一分平白和朴实，少了几分妖娆和辉煌，多了一点人间烟火味。

登高远眺，轻波流韵，独特的创意，视觉的冲击，让初来乍到者心花怒放。如果说千垛田的每枝菜花是一口井，那么这千垛田里的数枝菜花就是一条河流了。那么，这里的老百姓就是这条河流里的故事，是创造一个个活生生故事的根源和因果。因此，这菜花就多了点别样的特色，也许就叫着所谓的兴化特色吧。因此，我见到的这些也就是兴化劳动人民勤劳的见证，智慧的结晶，也是打动我们的最初和永恒。

梧桐蔚生，有凤来仪。正因有了这样的别致和生动，得到了来自上海、南京等大都市人的认可，他们按下快门在花间留下永恒的美好回忆，把这种最原始的美丽和形态带回家中，永久珍藏。

作为兴化的千垛菜花,那些扎大红头巾的船娘与江南女子的青花头巾有着某种形式上的区别,但又有着某种内在的精神联系和质的相似,这些女子都代表了最勤劳朴实最丰富的生活缩影,她们都与日常生活已达成了默契,从而在日积月累中沉淀为坚定的理念和方程式,她们春天生活在万花丛中,秋天收获果实无数,春蒸秋偿,教导子孙,直将千垛菜花深沉为焕发着熠熠光华的乡土文化。

高耸入云的塔,划破水面的影,一如兴化的历史,恰似一个漫长而短促的叩问。不徐不疾,是行人从容的步伐,游人和光影里的千垛菜花仿佛成为一对深爱的夫妻,琴瑟相谐,地久天长,时光亦如高高吊起的一桶水,冲洗着来自都市里的人们一颗浮躁的心。

绵延的河水弯弯曲曲,曲曲弯弯,悠悠地,深邃无边,仿佛告诉我们,生活本平淡无奇,但不乏美丽的元素存在,只要我们用心去发现,去创造,一定会从身边挖掘美丽,挖掘财富,创造奇迹。

六棵树的守望

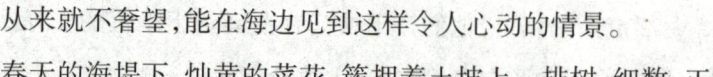

一

从来就不奢望,能在海边见到这样令人心动的情景。

春天的海堤下,灿黄的菜花,簇拥着土坡上一排树,细数,正好六棵。

它们枝丫互触,相互渗透,却彼此独立。这让我想起贾平凹笔下的六棵树,不过,面前却是清一色的品种,榆树。

或许是海边风大的缘故,树干一律挺拔向上,树枝因为相对纤细,一律朝西,微微斜着身子,像画家笔下的素描。

有鸟在空中盘旋,飞向架在树肩上的一个鸟窝,脖子一伸,嘴里吐出刚从大海里觅来的小鱼或小虾,正在窝里孵小鸟的雌鸟一仰脖子,小鱼、小虾滑入肚中。

于是,有欢快的鸟语在树间久久萦回不去,或许是祝福,或许是感恩,动静之间,总能感悟人与自然和谐共生的氛围。

在鸟的眼里,有一个相对安静,没有人打搅的家园休养生息,繁衍后代,怡然自得地生活,也许是莫大的幸福了。

六棵树与海堤上的成排杉树,气势上形成对比,然而它们不卑不亢,静观堤边众生。海边的每一点变化,六棵树尽收眼底。堤西,是成片成片开得热烈的菜花,燃烧的团团火把将天地之间模糊起来。

阡陌交错,河道纵横,一幢一幢白墙红瓦的楼房将田野切割开。从前的土坯房子早已不见了,满眼的红砖楼,树兀自生长,变与不变之中,就有了不怀奢望的猝然惊喜。

二

涉过布满盐蒿草和雪白的芦苇。堤东,天地之初时,这些植物就与大海同在。春天,裸露着身体,无声地接纳着风雨和薄雾。当那些湿漉的草还没有苏醒过来,等待着新芽破土时,并有一些树木抢在它们前面早早醒来,比如,六棵树,自扎入这片土地,也许就从未睡去。秋天,在沟壑或平地,茂盛的芦苇丛和茅草呈现着它们的肆无忌惮。或通红通红的,或雪白雪白的,或灿黄灿黄的。一片片,一簇簇,一纵纵,成了大滩涂最瑰丽最原始的调色板。

零星的小屋，门前屋后随意撒下了种子，于是，这里就有了不设围墙，不设篱笆的农家菜园，郁郁葱葱，灿烂金黄中，就成了切实的田园诗，滩涂的水墨画。

天性活跃的滩涂，每天都在生长，固定港口无法安营扎寨，所以，只有一条内港将茫茫海滩切开一道口子。涨潮时，与菜花一色的海水渐渐长高，直漫到接港渔民的脚下。

没有深水港，有时潮期只有两小时左右的时辰，因此，在很短的时间内，渔民们必须接完港，然后再回到大海深处，不然，潮水退了，渔船会搁在海滩上，直到下个潮期才能离开海滩。

为了不耽搁生计，有些渔民成月不回家。曾经，一家三兄弟潮来接港，潮退离港，与妻子儿女成月的见不着面是常有的事。一天，三兄弟与另外三个壮年汉子随潮水出海，从此，再也没有回来。

六棵树目极八荒，守着岁月，见证了渔民写在脸上的期待，眼中忧伤的泪水，年复一年的沧桑。六个人，六条生命，活不见人，死不见尸，堤上栽上六棵树，放上几件穿过的衣衫，每一棵树都是一个鲜活的灵魂。

沿海大开发，隆隆的机器声，打破了千年的沉静，一条条路修到了大海边，幢幢高楼惊醒了沉睡已久的梦。一排排的风电发电机整齐地排列在辽远的旷野。海藻炼油，水产品养殖，生猪产业化加工一条龙，宾馆，工厂，别墅拔地而起。风、光、电潜力无限。"绿色制造、绿色能源、绿色食品、绿色旅游"承载了多少代人的梦想。

与太阳一起行走

三

近日，从一个规划沙盘中看到，不久的将来，在六棵树的东面，就要建一个深水渔港，眼下已进入论证阶段，结束无港期，将成为现实。

潮起，男人出海打鱼，女人在家调浆弄饭。潮落，男人回家，女人相夫教子，一切是那么和谐，温暖，自然。

黄海森林公园，几百个知名和不知名的树木品种，也成为六棵树最值得骄傲和不显孤独的理由。

在遥遥相望的时空里，在全球经济最大化时代，人们都成了羊群，被驱赶着，活在当下，没有比追求经济利益更来得现实。面对栖息水泽绿茵，草海辽阔散淡，醉意浓生的黄海大滩涂，面对这个太平洋西岸没有被污染的处女地，面对隆隆的马达声，高高矗起的厂房，天天延伸的马路，那一天，鸟儿还会不会在树肩上安静地做窝，孵育下一代。

阳光里轻微地摇动着，树梢如笔锋，它们在写着什么。天空只有一轮骄阳，难道它们在跟太阳交流？青天辽阔高远，树无声无言，却彼此对峙，在飞鸟才能抵达的高度，人不知道它们在说些什么。

我想，整齐排列的六棵树挺着纤细的树尖，大地的力量在让树坚持，让树守望。跨海大桥，深水渔港这些奢望的实现，难道是它们留给天空的诗句？

仙缘寻踪

当年，七仙女一不小心，把情爱留在了西溪，从而成就了一段千古传奇佳话。

去董永七仙女文化园寻访仙踪,是在寻找内心的轴坐标,西溪是横坐标,天仙缘就是一条纵坐标。幽梦、流逝、古典是主题。飞波流韵的肝肠河,淡墨描绘的老槐树,古意拙朴的碑廊亭台,烟锁雾迷的近贤桥……一一展开,无不沁着仙风气韵。

古今交融的园境营造,汉唐风韵红瓦牌楼,有着暮春与初夏交接的淡淡色光,自有三分的婉约,七分的内敛,引来无数初到者的好奇心,去探究千古传奇故事背后沉浮的前世今生。

园子不大,但很静。寻园,在于会心,会心处才有幽,有曲。所以,来这里热闹不得,求静,求隐,这种线性关系,若能与古人实实在在地接上,也是运气。

"情贤二桥",穿越古今,连缀两岸,将西溪景观大道,董永七仙女文化园南大门与泰山寺、海春轩宝塔和西溪景区连成一线。

照壁上周巍峙题写的园名灵动潇洒,遒劲秀逸,与《天上人间》浮雕相映成趣。背面石刻的浮雕壁画,每一个故事都回到从前那个美好瞬间。老槐树下、凤凰池边、缫丝井旁,董永与七仙女恩恩爱爱,戏水鸳鸯,百年好合;土地公公微笑着隐在树干上;天庭六仙女载歌载舞飘然而至,为之祝福;八字桥畔,仙鹤冲天而上,迎接众仙女。天上人间,古意拙朴,完美和谐。

把城市留在身后,把自己交给苍茫。踏上近贤桥,若是手扶栏杆,双眸远眺,闲愁千古,水流千古。想来,董永七仙女缠绵悱恻的故事是在路上相遇,桥上盟誓,河上相别。

董贤祠内董永像、孝子碑、金桂树、寿字格,使西溪,一个临近黄海的古镇因孝文化而闻名天下。清嘉庆《东台县志》所载:"董永,东汉西溪人,家贫,流寓佣工,贫无以葬,自卖其身,贷钱以葬,孝感天下。"汉刘向《孝子传》与北宋《晏溪志》也有记载。

历史上的董孝贤祠位于古运盐河与肝肠河交汇处,台南董贤村境内,始建于明万历年间,系金陵兵宪陈学博为纪念董永所建。院内有土

与太阳一起行走

建"董永墓",当地人塑有董永像一尊。"董永传说"2006年被国务院批准为国家级非物质文化遗产。

千年风雨一幕戏,戏下场了,镇园之宝的老槐树,带着泥土的芬芳,在民间茁壮成长,枝繁叶茂,风情依旧。相传《天仙配》里的老槐树就长在台南的十八里河口,董永和七仙女就是在这棵树下指树为媒的,广山境内的殷庄亦由此演变而来。

六角亭,也叫十八里亭。当年,在十八里河口老槐树旁立有一亭,传说是土地公公为董永七仙女主婚的地方。

遥想当年仙姬七女眷顾西溪这块圣地,古镇及附近地区与董永传说有关的地名多达50多处。园内浮雕长廊内的12幅画面的浮雕,将东台版本的"董永传说"完美演绎。这些典故在西溪方圆几十里内都有证可考。

鹤落仑是"传说"中的古遗址,七仙女驾仙鹤而下的地方。

缫丝井为曹长者家中井,是"传说"中留存的珍贵古迹。

曹家大院位于缫丝井院内,在东台镇晏溪河居委会境内。

凤凰池为"传说"中古遗迹,在东台镇泰山居委会境内。

舍子头是"传说"中的古遗址,在泰东河南岸,今台南杜沈境内,与西溪河隔岸相望。

辞郎庄前辞郎河,位于东广路辞郎桥下,相传是董永和七仙女依依惜别分手的地方。

如今它们的轨迹,它的神态,它的喜怒哀乐,全托付给董永七仙女文化园内的流水了。

夕阳下,《董永与七仙女》汉白玉双人像,晶莹洁白,一尘不染,纯彻透明,栩栩如生,与人们觌面相逢,让人觉得恍若隔世。

董永七仙女文化园东大门上"天仙缘"几个金色篆体大字,祥云相衬,庄严大气。走在董永的传奇里,所有的心思仿佛都染在里面,没有了退路。小桥,亭台,流水——仿佛贴着仙人幽幽的情绪,缓缓而来。自己也可羽化成仙了。

中原问祖

一条河流像条巨龙,从巴颜喀喇山上挟石带沙,摧枯拉朽,咆哮而来,潇洒地拐过一道道弯,随着岁月流淌,悄然远去。泥沙冲积,累了,歇下来。于是,弯内留下了一个个大大小小的土包,仿佛烈火焚烧过,一色的黄。

一群人,黄皮肤,黑头发,在河南岸,靠崖凿洞,过起穴居生活,慢慢地,种下了庄稼,种下了村庄,同时,也种下了无数的子孙。

于是,弯月散晓星,晨烟伴鸟鸣,浑厚的歌谣在山包间响起。

一年又一年,一天又一天,鲜花、野草、树木,在黄土地里欢快地生长。

终于,他们的子孙遍布华夏。

有一天,幼小懵懂的小女孩傻傻地问她的外婆,为什么自己的小脚指甲是两半呢?自幼熟读诗书的外婆自豪地告诉了她,老祖宗说啊,因为你的祖先是河洛人,正宗的炎黄子孙啊!那个小女孩就是小时候的我。

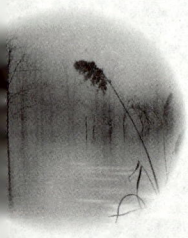

河洛是哪里？炎黄又是谁？我从哪里来，哪里是我的根。这样的问题一直困扰着我的童年、少年时期的情感，以至于做梦都想去寻找答案。

长大后从书本上才了解到，河洛原来是一个地域概念，就是辐射那条河南岸的黄河中游和洛水流域的广大地区，狭义的中原地区，黄河之南的河南。

以中岳嵩山为象征的河洛地区，具有得天独厚的自然地理条件，在中国古代文明起源与发展中具有重要的地位。周成王时的何尊铭文就称河洛为"中国"，意为天下之中。

那么，作为一个黑头发黄皮肤的中国人，所有的包括我在内的炎黄子孙对它又有多少的了解，积淀于中原的历史文化有多厚？发祥于中原的华夏文明有多久？扎根于中原的中华祖根有多深？

这些书本上早有粗略的文字记录，然而只给了我中原历史文化的想象空间。在这个空间里，似乎缺少些使人信服的东西。

是该走出去看看了。

时光终于让我在这一天，与千年帝都、牡丹花城、丝路起点、山水洛阳有了一次传神的回眸，一次今人与古人心灵交集。

国庆假日期间，带着这样的叩问，带着孩子，踏着祖先走过的路，来到黄河之南，寻找他们留下的印迹，寻找数千年凝固的历史文化具象。

瞬间的擦肩并有种时光倒流之感。路边那些高高的黄土坡上布满了大大小小的，早已无人居住的窑洞，这些窑洞，哪一座才是我的先人居住过的呢？

时值仲秋，然而，胀满的绿色却依然掩埋了洞口，我的眼睛却没有丝毫的闲暇，生怕一眨眼，就会错过这一生只能相遇一次的风景，到处搜寻的目光被胸中的热浪灼得泪水滚烫，一下子烫醒脚下的这片大地，那一刻，在情感深处，撞开一扇隐蔽的阀门，有了共鸣的节奏，感情这道门亦自动开启，恣意流向洛水，汇入奔腾咆哮的黄河。

在这里,我知道了我所看到的每一片残砖断瓦后面都有着一个生动的故事,每一截城墙遗迹都有一段沧桑和辛酸,每一座庙宇古墓都有一些神秘的传说,每一个石窟窑洞都留有先人脉动的气息。同时,有我皆熟知的,有鲜为人知的,也有无人问津的。

在它们面前,我感觉到中原历史沉重的呼吸。触摸到中原历史跳动的脉搏,听到了中原历史前行的脚步声。

一种最质朴的情感,一种不假思索的内心倾向,时刻拷问我为什么要到这里来?

因为在中国五千年的历史进程中,古代的多源人类文明,辉映着黄河流域。各种古文化,汇聚在中原地带,形成众多部族,成为中华民族的主干。因而,那时的中原,就居于华夏文明的核心地位。

因为世界人类历史上有四大文明体系,华夏文明即其中之一,也是唯一没有被中断一直延续下来的文明。而它的精髓,就在中原。

一路上导游告诉我们,时下有许多华人来到中原寻根问祖,也有人为自己的小脚趾是两半是哪里人而发生争议,听说历史上有过几次大的迁徙,有人认为双脚趾的人出自山西洪洞县大槐树下大迁徙的移民之说,但史书上还是有出自河洛之说,不过我想:无论怎么样,我们都是同宗同祖。

我们国家的地域、历史文化、还有生活在这片土地上的人,是我们每个人赖以生存的根基,无论是文化上,心理上还是幸福情感上,我们共同生活的国家都同我们有着息息相关的联系,我们唯有从它的身上才能找到确定的身份认同,以及最终的归属感,换句话说,我们就像是共同生长在一株参天大树上的叶子,无论根随枝脉延伸到多么广阔的天空,生命之源都是那扎在大地上的根。

踏足中原,更加明白中原地区正是华夏文明的发源地,带着对华夏文化的崇敬之情,我领略到了伏羲、炎黄二帝、神农氏等中华民族的造世始祖文化的博大精深;知道了这里曾走出过仓颉、鬼谷子、张仲景等开创华夏文明的大师先贤;集历史文化之大成的中国四大古都举世闻名,震惊世界。

　　时光在流逝,大陆在漂移,生活在变迁,唯一不变的是文化更能源远流长。时下人们可以购到的东西越来越多,可能够进入生命的东西越来越少,一路走来,这些和我们生命出处有关的事物,恰恰能够进入我们的生命,丰富当下的生活,文化的召唤,让心灵浮躁的我们得到了片刻安宁。我们就像漂在一片清透澄澈的湖上,突然看到了自己的影子,静静地照在了湖心。我们得以厘清心头纷繁的欲望和念想,继续上路。

静默千年华清池

　　读白居易的《长恨歌》全篇。所念念于心的是"春寒赐浴华清池,温泉水滑洗凝脂,侍儿扶起娇无力,始是新承恩泽时。"字里行间,缱绻柔情,蜿蜒缠绵,令我看不到尽头,沉吟至今。

　　循着华清池的踪迹,我来了。在它面前,我仿佛触摸到了历史跳动的脉搏。踏足华清池大门内,湖中央,半披浴纱,足踩温泉水的杨贵妃雕塑,清丽脱俗,风情万端,我见犹怜,由不得你不去探寻她的前世今生。

　　南依骊山,北临渭水的天然温泉华清池,倚骊峰山势而筑,回廊环绕,红柱挺立,雕梁画栋,楼台馆殿,遍布骊山上下。这里山是绿的,水是绿的,天是绿的,地是绿的,一切绿得让人心醉。

在华清池畔正面看骊山,虽蜿蜒连绵,但并不峭拔,它宛如一条沉睡千年的长龙横卧在我们面前,这样的山形被风水学喻之为龙脉,具有王者之气。难怪周、秦、汉、隋、唐历代封建统治者,都在这块风水宝地上砌石建宇,兴建行宫别苑。

这不,周幽王来了,修筑了"骊宫"。秦始皇来了,修就了"骊山汤"。汉武帝来了,建成了"汉骊宫"。唐太宗来了,筑就了"汤泉宫"。唐高宗也来了,再建了"温泉宫"。到唐代第七位皇帝唐玄宗李隆基来了,就不想走了。因为有个杨玉环而不想走。为了这个绝代美人,他在前朝宫殿的基础上,环山列宫殿,宫周筑罗城,修建了登山夹道和通往长安的复道,将长安的"大明宫"、"兴庆宫"连为一体。新宫落成,李隆基赐名华清宫,后因宫内多温泉浴池,又名"华清池"。

"高高骊山上有宫,朱楼紫殿三四重"。清风暖阳下,富丽宏大的建筑群,从山顶至山下,宫殿林立,楼阁相属。宫内置百官衙署及公卿府第,新修有玄宗皇帝专用的"御汤九龙殿"、杨贵妃沐浴的"海棠汤"及供百官公卿沐浴的"尚食汤"、"少阳汤"、"长汤十六所"。使华清池成为我国罕见的大型温泉池。于是,有了"天下温泉二千六,唯有华清为第一"之说。有了郭沫若的"华清池水色青苍,此日规模越盛唐"著名诗句。

"汉皇重色思倾国,御宇多年求不得。杨家有女初长成,养在深闺人未识。天生丽质难自弃,一朝选在君王侧。回眸一笑百媚生,六宫粉黛无颜色。"据说,杨玉环出生在陕西华阴,随父入川,受都市熏陶,性情温婉,举止优雅,17岁便出落得如花似玉、美若天仙。由于唐玄宗的爱妃武惠妃病逝,后宫三千粉黛无颜色。于是,56岁的老皇帝偷偷地爱恋起自己的儿媳。这种有悖人伦的事儿,放在今天也会受人指责,但是,他却做了。

杨玉环被册封为贵妃，从此"后宫佳丽三千人，三千宠爱在一身""门外千官罢早朝，三郎沉醉不知晓"。唐玄宗为她扩建了温泉宫，建了海棠宫。每日里"骊山飞泉泛暖香，九龙呵护玉莲房"，杨贵妃在这里荡涤尘垢，享受着温泉赐给她的尊贵、温暖与惬意。

杨贵妃36岁生日时，唐玄宗为她举行了盛大的宴会祝寿，仅乐工就有120名，场面极其壮观。"缓歌曼舞凝丝竹，尽日君王看不足。渔阳鼙鼓动地来，惊破霓裳羽衣曲。"华清池畔，日日笑语，夜夜笙歌。在唐玄宗眼里，玉环是当世最美的女子，又和他一样精通音律。昔有伯牙弹琴子期听。可见知音对唐玄宗而言有着磅礴难挡的魅力，更何况爱情的魅力还远远不止于此。

华清池出土时，发现了唐玄宗赠送杨玉环的爱情礼物，在池中间的一块贵妃沐浴时所用的条石上，还清晰可见刻着"杨"的字样。在莲花汤浴池中间有个进水口，汉白玉雕刻的莲花底座上接有莲花喷头，下接陶水管，与泉水源头相通。可想而知，当年唐玄宗和杨贵妃共洗鸳鸯浴时，水从莲花口中喷出，飞珠溅玉，水雾漫起，柔情蜜意也弥漫了整个华清池。

莲花汤是李隆基沐浴的地方，李隆基是狂热的道教徒，他希望通过沐浴与天相连，在清泉、莲花的护佑下，求得一种解脱，一种升华。所以莲花汤造型奇特，上下两层台阶不同的造型，上平面四角呈写实的莲花状，下平面为规则的八边形，"八边"代表着大地的八个方位，取"普天之下，莫非王土"之意，莲花的设计则在大地八极之上，完全合乎于根植大地，花浮于水的自然规律。通过水、土、花、天、地、人，自然与宗教的整合，沐浴与自然的沟通，从而实现延年益寿、长生不老，"天人合一"。

"七月七日长生殿，夜半无人私语时。"唐玄宗与杨贵妃曾在骊山半山腰的长生殿前相依而立，仰望星空，羡慕牛郎织女的多情，伤感人世间的多变，于是双双跪地对天盟誓，愿生生世世不分离。因此，莲花池设有两个进水孔，同时设有双莲花座，池岸周围有双排石础，这些双孔、双座、双排有着并蒂莲开的寓意，应和了唐玄宗和杨贵妃"在天愿作比翼鸟，在地愿为连理枝"的誓言。

然而，闲看花开花落，王朝兴替，如花美眷，似水流年。杨贵妃也如大多美女一样，终究躲不开命运的纠缠。借着"骊山语罢清宵半"的好辰光，这个"祸国"的女人，在安史之乱之际，与唐玄宗逃至马嵬坡前时，将士相逼，不得不被玄宗赐死，其时她才 38 岁。

昔日里还是"缓歌慢舞凝丝竹，尽日君王看不足"，转眼间竟已"九重城阙烟尘生，千乘万骑西南行"。只落得马嵬坡前"一抔黄土收艳骨，数丈白绫掩风流"。

至此，一场惊天动地的"黄昏恋"始于骊山，成于华清池，殒于马嵬坡。

"开辟鸿蒙，谁为情种？"山盟虽在情已成空。开元盛世，皇图霸业转眼成灰。

弹指间，华清池已静默千年。

昔日的皇宫禁苑，天子御汤，今日已成为融风景园林、文物遗址、温泉沐浴于一体的综合性的旅游胜地。

离开时，正是华灯初上，所有建筑都被动感彩灯照射得扑朔迷离。华清池内的九龙湖恍如骊山脚下历史留下的一面镜子。当大型水上舞台缓缓浮出九龙湖水面时，《霓裳羽衣舞》又将演绎曾经怎样的繁华？

与太阳一起行走

步步莲"话"

留得残荷听雨声,这是古人说的。去普陀山普济寺途经一荷塘,那如江南男子性格温文性格的细雨,绸绸的、绵绵的洒在残荷上,却听不到一点点声音。

灰暗的天光下,冷冷清清悄然而立一池残荷,花开过,莲蓬采过,那些曾经遮天蔽日的青荷,大都折戟沉沙,栽到泥水中了,只有几茎残荷在风中坚守,不扭摆,不低头,一副纤尘不染,巍然不动宠辱不惊的泰然。

还记得上次来时,正是人间四月天,见到的是团团疯长的荷叶,一池的绿意,别样的风情。然而,好久不来,荷老了,真的老了,我不来,你怎么可以老去呢?

看着一池颓败的枯荷,心里突然觉得好像缺了点什么,原来面前的枯败之象是不符合我的审美观念的。想来这水中芝兰,生于沧浪而成于风露,于风雨飘摇中凋零,甚而萎败了。但我知道,它们始终是坦诚且矜持的,也许是阳光,目光,烛照太刺眼,她们才低下高贵的头颅,遮遮羞颜吧。

荷又称之为莲。芙蕖、鞭蓉、水芙蓉等是其雅称,荷含苞待放时称之为荷,开得大方起来,灿烂起来,肚子微微隆起来,便称之为莲了。当它们繁华落尽时,一挑挑莲蓬里,饱含着一颗感恩戴德的莲实,其精神是如此的富有,也许,那才叫活着,活过,到这繁华世界走了一遭找到真正的归宿,也算得上是求仁得仁吧?

荷的冰清玉洁,出淤泥而不染,濯清涟而不妖,中通外直,不蔓不枝,深受多数人喜欢。以至于《红楼梦》里曹雪芹笔下晴雯死后变成了芙蓉仙子,贾宝玉在给晴雯的诔词《芙蓉女儿诔》中道:"其为质,则金玉不足喻其贵;其为性,则冰雪不足喻其洁;其为神,则星日不足喻其精;其为貌,则花月不足喻其色。"

"看取莲花净,方知不染心"。相传莲是王母娘娘身边的一个美貌玉姬的化身。人间双双对对,男耕女织的怡然让玉姬动了凡心。她逃出天宫来到人间,甚而流连忘归。王母娘娘知道后用莲花宝座将玉姬"打入淤泥,永世不得再登南天"。曾经的千娇百媚,虽九死而不悔,从此守住内心的风花雪月,似一阕阕高挂在人们心中的灯盏,散发着岁月的芳馨,照亮人生旅途上的雪泥鸿爪、辙印履痕。

再走几步,看到普济寺门前的荷塘里开满艳丽的荷花,水晶蝉翼般的红花瓣,娇艳灿烂的金黄蕊,熠熠生光,直把弥天暗影衬托得金碧辉煌,近前细看,原来是绢花,终觉悖逆自然。

拂袖转身。在去南海观音的石板路上,刻有大朵大朵的莲花,人走在上面,正好是一步一朵,有人数了共18莲花,遂问看门僧人,方知这就是传说中的步步莲花。关于此,还有个典故,据说,释迦牟尼本是天上的菩萨,下凡降生到迦毗罗卫国净饭王处。净饭王的王妃摩耶夫人,美丽贤淑,国王和她感情笃深。新婚之夜,朦胧中摩耶夫人看到远处有一人骑着白象从她的右肋钻入腹中。摩耶夫人怀孕了,脸上泛着淡淡红晕,似一朵绽开的莲花。娑罗树下,摩耶夫人降生佛祖时,百鸟和鸣,万花盛开,琼香缭绕,瑞霭缤纷,大地铺彩结,人间散氤氲,沼泽中突然开出伞样大的莲花。佛祖一出世,便在莲花上,一手指天,一手指地说:"天上天下,惟我独尊。"释迦牟尼觉悟成道后,起座向北,绕树而行,一步一莲花。

南海观音处,高大的南海观音金身塑像立在巨大的莲花上,慈眉善

目的观音菩萨一手持净瓶,一手执白莲,俯视芸芸众生,人间万象。有信众在观音像前奉上朵朵黄色莲花,在这人间繁华敛尽时,这鲜活的莲花从哪里来,名叫做什么,始终未能知道。只听说这是人们专门用来供奉佛祖和观音菩萨的。大殿内佛祖释迦牟尼的坐像,结跏趺坐在莲花台上,据佛经说,这是释迦佛祖修道成佛后向信徒们讲经说佛的姿态。

后来在翻读佛经书籍时,还知道人们还将佛国称为"莲界",寺庙称为"莲舍",和尚的袈裟则称为"莲服",和尚行法手印称为"莲花合掌",和尚手中使用的"念珠"也是用莲子串成。以莲子作念珠掐念,所得之福,可谓"千倍"。

莲的花语是信仰。莲与佛教所主张的出世人格,有着天衣无缝般的契合。佛教认为,人间烦恼多于恒河沙数,人生应如莲,宁静、愉悦、超脱的心境,是莲花所蕴含清净的禅意,只有心似莲花,才会步步生莲。

荷风莲影尽芳菲

去了"中国荷藕之乡"的宝应荷园,才真正领略到"接天莲叶无穷碧,菡萏轻摇鬓含香"的真正意韵。那浩瀚湖荡中竞相开放的荷花,红的娇艳妩媚,白的纯洁如玉,绿叶映衬下,或娇憨、或妖娆、或淡雅、或孤傲,行色各异,舞尽风情。难怪杨万里称其为"恰如汉殿三千女,半是浓妆半淡妆。"

撑把伞,迈着细碎的步子,与江苏微型小说研讨会的老师们一同步入享有"苏中沙家浜"美称的万亩荷园深处。碧水翠树,烟云流泻,亭阁舍宇,烟柳画桥,逐波廋舟,迤逦连绵,风车飞旋,一景一物,都是水墨大师笔下的泼墨豪情,皆让荷乡泽国蒙上了犹抱琵琶半遮面的未喑神秘。

荷园不过万庙,然而,历史已过千年。相传很久以前,宝应五湖四荡除了东一簇、西一垄的芦苇、蒲草,就只有白水一片。一日,玉帝和王母信步瑶池,拨开云层俯看人间,只见安宜东荡一泓碧波,方圆百里,湖荡风光,水天一色,唯缺少花卉点缀,玉帝遂命荷花仙子捧出瑶池莲子,撒向湖荡。从此,湖荡莲叶田田,粉白嫣红,恰似瑶池仙境。

也许是来的人多了,扰了荷的清静了吧,它们比平日少了一份热烈和激情,多了一番温婉和韵致,翠绿而硕大的荷叶上,经不住炽烈的阳光直射,晶莹剔透的水珠,实在挽留不住了,便让一颗滚圆的心倏然滑落水中,那动作仿佛与情意绵绵的情人,去作一次心灵的远行,而不得不依依惜别,荷叶与水珠的那份娇羞与柔情,轻易就把心事染却得微暖。

空气里游浮着一层荡涤一新的水气,鲜洁、清爽。碧水清澈见底,鱼、虾、蟹、龟、鳖在荷间随意挥洒,率性而为。伸手水中挥撩一把,如绸纱沾身,舒缓柔情,又如青丝浮动,婉约飘逸,有种缠绵悱恻的暧昧之缘,包围于一片清凉的飒爽境地。

"美人红"、"大紫红"、"雁来争"、"野莲"、"鄂莲"、"洪湖莲"、"太湖莲"、"太空莲"一个个都有着鲜活的名儿,仿佛向世人敞开着的一幅幅古典而又现代的山水写意长卷,淋漓尽致地铺陈于沧澜大地之上,收缩于恒远心灵的意醉之间。

流波荡舟,荷红藕胖。这样的场景让人有了大声放歌的欲望,这时,宝应文联的一位女同志轻启朱唇,舒展歌喉,湖面上立时飘荡出一串串音符,一首水乡情歌带着泥息气,土滋味,滴滴的脆。接在后面的劳动号子,绝对的水乡原生态,让久违的情愫袭上心来,令同样生在水乡的我差

点落下泪来。

　　水中肥叶如扇，左摇右摆，憨态可掬，数点嫩红隐在其中，如无数双纤纤素手，美玉天成，擎出水面，蜻蜓点缀其上，濯弄起一湖碧波涟漪，成了盛极一时的大舞台，花摇叶颤，碧叶婆婆，正如从大唐盛世的一首《霓裳羽衣曲》的古典悠远中走出一群衣容绚丽的少女，翩翩起舞，裙袂飘飘，自然如泉水流淌，空灵如鸿羽飘旋，此刻，穿过湖面的风，掠过湖面的鸟儿，在视野里舞出好个歌舞升平的盛况。

　　有了歌声相伴，并又有了另一番心境。龙趣岛、水上乐园、湖心茶坊、一品亭、忘忧长廊、荷韵曲桥、七彩风车尽收眼底，采片莲叶当帽作伞，田田的荷叶，袅娜的花朵，硕大的莲蓬，缕缕的清香，凝碧的波痕，脉脉的流水，仙境般的景致，感觉岁月静好。

　　从宝应文联同志口中还了解到这片荷园是江苏省莲藕新品种引进和良种培育基地。风靡国内外数十年的电影《柳堡的故事》曾在这里拍摄，一曲"九九艳阳天"传唱了几代人。

　　一路荷花，一脉心香，恬静淡雅如蝶翼翕动，似熏风猝涌，扑跌入怀，无限清逸、爽朗，就像啜了一口地道的芬芳清茶，心胸肺腑里鲜活地走了一遭，滋润了一道，心神就醉在那一心一意的自在里，整个的我就成了一首侠骨柔肠的抒情诗，诗情和画意一起疯长。此时，每颗观荷的心就是含苞素荷一朵，不定何时会"噗哧"一声，花开蕊吐，绽放成一片美景。一片叶子就是一个奇思妙想，一朵荷花就是一个警言譬喻。无论是小舟泛荷，还是顺着湖岸慢慢地走，遍地的锦言绣句波光涌动，只恨脚下太慢，读不尽这风情万种。

　　湿衣看不见，落地听无声，不该是深藏古籍里宁静的诗情，而属于天下芸芸众生心有灵犀一点通的灵感。生命的际遇让我有幸与这片荷塘僻面相逢，有了一种他乡遇故知的感觉，很想偷偷采一个成熟的莲蓬装进口袋里，希望来年在我心灵深处某处水域也能长出一片新荷来。

第二辑 温泉水滑洗凝脂

笔 墨 西 溪

有人说,先有西溪,后有东台。西溪,千年古镇,东台之根。淡墨描绘过的西溪,白墙黛瓦,古意拙朴,成就了它墨色的底色,在人们心里长出草来,开着黛色的花来,永久地定格。

来过这里的人都知道,老成持重的西溪,沧桑肃穆,斑驳的墙壁,似它风霜岁月的一层老茧。墙顶的荒草,似它仙风道骨的几缕胡须。浅浅淡淡的青苔,则似它磨难出的点点老年斑。不过,正是它两千多年来素面朝天不变的本色,才完美了西溪。

走近西溪,第一眼就会发现它的花冠——董永七仙女文化园。"西溪胜境"四个大字金光灿灿,成为它光鲜宽阔的额角,牌楼两侧四副楹联情景交融,唐塔、泰山寺、晏溪河、犁木街、范公堤、古八景古韵犹存。北宋三重臣、七仙女、接踵商贾风雅千年。

石板铺就的路,平平仄仄地连缀着西溪的每一个或长,或短,或窄,或宽,或直,或弯的小街。三里路,梨木街,通圣桥,泰山寺,八字桥,海春轩宝塔。这些都是西溪斩不断的根,割不了的筋。不管是谁,只要走进这些小街小巷,踏响每一块发亮的青砖,就会唤醒许多尘封的故事,就会生出许多幽长的遐想,就会披满一身古色古香。

西溪有的是江南柔情的雨丝,有的是雨丝下打伞荷巾的姑娘,有的

是"诗词大道"落地景观灯箱上历代文人墨客吟咏西溪的二十四首诗词。一路徜徉,吟诵,不知不觉就会变成一束江南的丁香,自然而然就成了戴望舒笔下古巷里丁香般的姑娘。不过,走走停停,寻寻觅觅,哪一道秋波才能打湿你爱情的梦想?哪一泓秋波才能漫进你温柔的梦乡?

若是往深处走,也许答案就有了。木阁,绮楼,回廊,临街那青瓦白墙的屋檐下,打开着一扇扇木格古窗,一个个大开的店门上,花开,鸟鸣,蜂飞,蝶舞,鱼游,还有蔬菜庄稼家禽,都在上面鲜活地飞翔和成长,西溪人将智慧、荣耀和一生的梦想都刻在了上面。

西溪的故事更是一口打捞不尽的历史深井。太子佛广场上,高高耸立的太子佛铜雕,源自佛教典籍《本行经》"九龙灌浴"佛教始祖释迦牟尼佛。每年四月初八,泰山寺定期在这里举行九龙灌浴法会,当梵乐萦绕的时刻,周边的九条龙为太子像喷水灌浴,古今交融,与整个街道浑然一体。人们在音乐声中向佛祖祈祷和平,祝福安康。

由此,不管怎么看,这条街都有几分平淡几分儒雅,几分绅士几分温情。购物的店铺,休闲的场所,美食的天地,都在不经意间透着一种平和,一种文气。不知是家家都种着花养着鸟,还是个个都识点文断点字有点见识,时光和岁月就是遮不住西溪人的淡淡书香。是什么呢?或许是家家门前挂着的那盏红色灯笼,或许是店铺里坐着巧笑倩兮看过往的行人的姑娘,或许是三三两两穿过梨木街走过通圣桥捧着香去泰山寺听焚音吟唱的西溪人。

"谁道西溪小,西溪出大才。参知两丞相,曾向此间来。"是的,西溪出了不少人物。董永七仙女来了,年年从这条路上走过,天上人间,七夕相会。范仲淹、吕夷简、晏殊都向里走来,煮海为盐,呕心著述。这条路留下过他们的足迹就够了,足以让西溪人骄傲了。

那么,留下来,留下来你就会是西溪故事里的一个人物,一个情节或段落。

滩涂生长

有女如花似玉，养在深闺，与风月为邻。曾经，宁愿选择羞涩。浅淡笑对那些邻家追逐的笑靥，含蓄直面自家门庭的落寞。

说是落寞，其实也不显落寞。滩涂，秀色可餐的女子，静若处子，穿越千年时光隧道，从岁月深处款款走来，惊鸿一瞥，就聚散了许多秋波许多回眸许多怀想。

有女仙姿丽质，资质聪慧，拥涛声坐怀。曾经，宁愿选择谦卑。和悦笑对邻家照壁散发的风采。自尊直面自家檐下的清冷。

说是清冷，其实也未必清冷。滩涂，健康向上的女子，慧质兰心，每年以85公里的速度，从大海深处渐渐长成，拂袖迎风，是应该聚合许多追随许多依依许多难舍。

或许是不解风情？或许是不事张扬？是，又不是！滩涂，背靠长江，怀依黄海，怪不得那女子玉圆珠润，风姿若溪，总能惹得有缘人万般怜爱。

也不怪，她活力勃发，魅力持久。从西汉的吴王刘濞立国广陵，煮海为盐，雄居淮扬，到北宋范仲淹修建范公堤，拒海保田；从20世纪初实业家张謇（jiǎn）组建公司，废灶兴垦，一天又一天，一年又一年，滩涂湿地在慢慢展开、渐渐延伸、直到渗透到大地的肌肤、血脉、甚至心脏。滩涂，太阳下贴着大海的潮声在成长。直至长成156万亩连陆滩涂，十年内围垦一百万亩，江苏第一围啊，好大的大园子！如今是天生丽质难自

弃,明眸皓齿,面若桃花,更加明艳动人。你看,丹顶鹤,白鹭头顶诗意翱翔,红红的盐蒿,雪白的芦苇,毛茸茸的盐巴草,甚至奔放的野菊花都在园子里长得那样欢畅。

　　祖传了客来皆为宾的习性,风电场,光伏,海藻炼油这些陌生人都来家做客,幢幢高楼拔地而起,宾馆别墅厂房平地而生。上好的菜蔬、水果一年四季不断。黄海森林公园,永丰林生态园,生态湿地,"游、购、娱、吃、住、行"一应俱全。爆炸瓜,甜菊糖,甜透大江南北。鳗鱼、沙蚕、贝类,紫菜产业化生产,漂洋过海。来了,胃口一定大开,要是某日在哪个城市的餐桌上见到似曾相识的熟悉面孔,也许会疑问在心,谁家的美味最是甘美悠长,不见怪,那是故乡的菜园子果园子登上了都市殿堂。

　　滩涂,肩负苍茫,胸海载涛,怪不得那女子睿智如歌,总能博得远近知音倾慕非常。也难怪,家有座好塔叫海春轩,是千年前的定海神针哦,那塔,秀甲远近,奇冠四方,雄绝西夷,丽媲天下。

　　还有董永七仙女的美丽传说,老槐树,缫丝井历史的渊源,坐得秀、奇、俊、丽还不算,还有那上接万仞云空、下连千里滩涂的大风车,呼风唤能,壮观蔚然。泰山寺、九莲寺,弶港龙玉庙,历代大德高僧踏足云游,浑厚开智。西溪、梨木街、运盐河、金钗井,通圣桥,八字桥,范仲淹、吕夷简、晏殊,煮海为盐,呕心著述。缘此,东台人德智过人也是当然。来家小坐或小住,你一定会心智豁然,也一定把一声感叹留在这里,长江黄河永远在奔腾,滩涂湿地无限在延伸,总算知道了一点点,什么叫天高啊,什么叫地厚!滩涂,闻海听涛,目极八荒,怪不得那女子幸福如歌,总能让鸟儿在她的怀里自由飞翔。

　　也难怪,海耕海植的原生态渔港敞开着大海一样的坦荡胸怀,原来,滩涂是海的一部分,涨潮时与大海浑然一体,水天一色,悠远辽阔,惊涛拍岸,长河落日,豪放壮美。退潮时,裸露出经年的风霜,那弯弯曲曲的港汊,星星点点的渔舟,绵延无际的沙滩,风中飘摇的紫菜、碧波上荡漾的渔排,随着潮水的涨退,变幻着无穷的组合,迎迓你的到来。

于是,大滩涂上就有了"港城、港区、渔港""三港"联动。"东方湿地之都,绿色产业之地,海滨风光新城,休闲度假乐园"乐意在滩涂怀里安家落户。"东方湿地,生态家园,黄海明珠,全国百强"的城市名片被掘宝的滩涂擦得锃亮。

说市也对。说城也对。滩涂上一方乐土。悄然矗起的海边小城,坦坦然然演绎着渔村渔港港城的万种风情。

在画面是劳动的杰作,是锦绣的编织,是滩涂的诗行。在眼里是阶梯,是天堂。

海潮初涨,淡淡的云影波光粼粼交织,叠错晃悠,点缀着舟影人影,仿佛天界,合十祈福,父老乡亲带上希望梦走天阶,憧憬家园,建设天堂。

如此说来,滩涂是足以向往的了。要是你打门口过,滩涂,家住"大东台,金东台,美东台",待字闺中,一汪黄海水,一根定海神针,一百多万人的小城。本本真真诉说着小城神滩涂掘宝的神奇故事。挑得金龟婿,嫁得如意郎!

"朋"字新解

自仓颉造字以来,文字作为人类表达思想、传递感情的符号,历经五千年华夏文明,博大精深,源远流长,其独特魅力令人痴迷。不过,在众多文字中，我对"朋"字情有独钟。

"朋"字就其字面意义，指交谊深厚，志同道合的人。所以朋友是伯牙琴，子期听，高山流水遇知音，是琴弹松风，杯劝明月的心心相通，惺惺相惜，是志趣相投，肝胆相照的共同进步。

"朋"字就其结构来说，可理解成两个月亮，它们相互对应，却从没离开；它们交相辉映，却不孤芳自赏；它们互相渗透，却无须设防；它们相看无语，却心事了然；它们各自孤独，但并不冷清。我们有"同在感"，如空气、如水，并不时常想起，但却无处不在。有你在，我就不孤独。是朋友，只需一个眼神，或轻轻一握，就有懂了的精神默契感和同在感。

"朋"字里两个月里坐着两个人，扎堆的往往不是朋友，是寂寞的人群。真正的朋友是二人世界，多一个都会太挤。在朋友的世界里，距离产生美，不需要经常联系，但永远也不会忘记。他们恪守宁静，因为只有宁静，才会有闲情去欣赏生活之美、他人之美。他们彼此感受精神上的默契，两条没有交集的平行线，成为他们之间永远的精神凝望。

如果"朋"字两个"月"字中间加上一竖，就会成为两个"用"字，就不成其为"朋"字了。因此，"朋"字是无"用"的，真正的朋友从来都不是世俗的、功利的、实用的。受利益驱使建造的人脉，是功利，不会成为真正的朋友。为消遣寂寞而相互取暖，这是廉价的交往。如果你把朋友当作了男女朋友的备用，那你就侮辱了友情和爱情。真正的朋友，除了友情，什么也不能给你。因为，朋友本来就是奢侈品，奢侈的东西都是不实用的东西，比如，黄金、美女。这种东西拥有了就该满足，不要太贪心，否则，以财交财尽就绝，以色交色衰便休，以势交势倾则断，以利交利穷则走。

因此，朋友不是酒友、玩伴、寂寞时的慰藉者、精神的庇护所，不是为了任何功利原因搭建起来的人脉，他们之间不相互干扰，他们需要如切如磋，如琢如磨。但他们间从不以"对朋友的信任"为借口，相互倾诉、当出气筒、承受宣泄、承担琐事的义务，充当语言垃圾箱、情感垃圾桶。

他们不是附庸,不只赞同、不会妥协,更不会滥用友情。

　　生活中有些人,朋友总在别处,因为身边人太熟悉,太了解就失去了敬意,所以,你口口声声所称的远方的那个朋友,是不是朋友是很难说的。我们很多时候了解得不够深,不知道对方不可逾越的道德底线是什么,不知道对方生活中最重要的价值观的组成部分是什么,不知道对方的品性、个性到底是什么,你所谓的"朋"只是一厢情愿罢了。

　　君子之交淡如水,朋友不是为了索取而是相互奉献。不断地背弃,攀高枝,只会锦上添花,不会雪中送炭,这些都不能称其为朋友。人人需要朋友,但须知,交上好朋友会令人愉快,交上恶朋友,会背负灾难,徒增烦恼。

　　"朋"字是两个"日"字出了头,而且带了钩,才成其为"朋"字。经过岁月的濯洗,"累月"方为"朋",真正的朋友是要时间考验的,不要忽略时间的功能,不要低估时间的犀利。真正的朋友是在同步变化的,彼此相互扶持着,相互成长、成熟。患难与共的朋友,绝非一朝一夕所能够建立起来。

　　因此,你我能否成为朋友,一切得由时间决定。

与太阳一起行走

千帆过尽处,你的歌声倾倒众生

　　"也许,千帆过了还在等,也许,笑眼泪光盼到那个人。"尽管时光一年年红了樱桃,绿了芭蕉,尽管岁月流逝,容颜老去,然而,于千帆过尽

处,总有人在为你等待。继 2009 年东台 5·19 西瓜节后,我们再度等来了那个值得等待的"国民歌王"那风采依旧的飘逸身姿。当所有人在笑眼泪光中,市体育馆缤纷的舞台上,再度邂逅"天王杀手"的华人歌手周华健,聆听昔日"阳光游子"的歌声的那一时刻,便有了另一种心境,滋生了别样的情愫。

当繁华落尽,当铅华涤去,唯有一代巨星周华健的歌声留在记忆里,与我们同在。透过炫光魅影,虽经年不见,但我们看到眼前的周华健变得更加阳光帅气,成熟老练,健康向上。一首《花心》让他那极富磁性歌喉充分展现,一曲《传奇》不失自然柔和的元素穿透时空弥漫整过会场。一曲《真心英雄》充满张力的激情演绎,让观众为之振奋,为之疯狂。而 2011 年新版的一曲《花旦》却忧郁缠绵,如泣如诉,娓娓道出人生的一份况味,生活的风多无奈,穿越时空,直击人心。尽管花花舞台多缤纷,而《朋友》那份真情挚爱却《风雨无阻》,越过千山万水,越过世道人心,醇香浓郁,绵延持久。

"也许,动了我的情,乱了你的心,蓦然回首是谁的人生。"我是听着周华健的歌长大的,而面前的他,幽默诙谐的话语,帅气本真的形象,虽经岁月的打磨,但从时光深处进出的光芒却依然让少年疯狂,中年激动,老年欣喜。这次他借全国巡回演唱来东台拼图个唱,听说是特地为灾区献上一朵玫瑰的公益活动。这种爱心奉献,真情演绎,又一次让我们为之感动。而整场演唱会,周华健都是在乐队现场伴奏下演唱的,相比当下那些仅凭花架子,一旦离开了伴奏带,音色大变,魅力全无,糊弄观众的歌星,他的形象再次在我们心中闪闪闪光,又多了一次感动心动。

歌声悠悠流过梦一样人生。舞姿潇洒,坚定和柔情并存,忧伤和阳光同在,给人温暖和感动,迎来了掌声,幻化了乾坤,倾倒了众生。当掌声如潮水般涌向他时,他谦虚地一次次给观众致敬。当汗水淋湿衣衫,这个已过天命之年的歌星的一份执着,一份敬业精神,又让所以观众为之心痛。

　　夜未央，人不眠。站在立体的舞台上，他感慨地对观众说：在每次演唱会的庆功会上，他都会放心大哭，也许生活就如剥洋葱，每剥开一层，都让人流泪。也许演艺生涯就如人饮水，个中冷暖，唯有自知。不过一份生命的执着，对艺术的追求终不会放弃，正如他在新歌《花旦》中所唱："为你歌唱就是我要的人生。"

　　"也许，抖落了一身风尘，也许，不到白头热情不会冷。"演出现场，我身旁有一位老大姐时常激动地站起来，挥着双手，时常高呼尖叫，是的，音乐让心相通，音乐使人年轻，"阳光游子"洁净的歌声涤去心中所有阴霾，卸去生活的藩篱。在他面前，老大姐没有了"老妇聊发少女狂"的顾忌，在他不老的歌声里，岁月少去了夏和冬。他的歌声，让青春不老，岁月无痕。

寻　找　绿　色

　　绿色自然，诗意生活，成为当下人们时尚生活中一个不可或缺的元素。过去人们总喜欢朝城里跑，如今不同了，城里人喜欢往乡下跑，住农家、吃农家饭、体验农家生活，成了城里人的节假日。

　　周末，和友人沿市门大道东进路出城，向东，向南，片刻，古意拙朴，飞檐翘角的泽丰园生态农庄便撞入眼帘，一脉清流自门前由东而西缓缓

而去,又自西向南绵延远方。

河边大柳树下,拴着两条相貌相似,神态各异的大黄狗,朝水边钓鱼人瞪着两双警惕的眼睛。河对面,一群群草鸡在树荫下悠闲觅食,远远地,似开在林间的一朵朵小花。

房舍的前面,翁郁的丝瓜正在拼命地向上爬,茂密地撑起了天然帐篷,人站在下面,烟柳画桥,阡陌鳞栉,禾苗如茵,尽收眼底。便觉得脚底生了根,有了踏实的感觉。

两岸柳树相对出,一片田园从中来。由东往西,拐进第二道园门内,葡萄桃子枇杷和着田野的庄稼葱茏一片。茂林修竹间,星撒着一幢幢精致玲珑的别墅,远看一排排连成一条线,清风弹空琴,蝉声林间唱;俊鸟倩作歌,鸡叫犬吠忙;花生遍地生,果树冲天长,丝瓜墙头垂,豆角架上挂;艳艳牵牛花,朝天喇叭响。身临其境,一下子从喧嚣繁华跌入清新自然中去。

"民以食为天"。在农庄吃饭,饭菜也很说不上丰盛,但一定是土生土长的纯天然菜蔬。木桌,竹帘,古拙朴素成为农庄餐厅主打风格。风吹帘动,透过窗户,可见芦苇婆娑的姿势,听蛙鸣鼓噪天籁的声音。置身于这样的环境中,吃的是田园景,闻的是百花香,品的是泥土味,最大的特色就是区别于城里的星级酒店拘谨氛围。

饭菜端上来了,小盘、大盆盛着。文蛤蒸鸡蛋,鸡蛋是自家园子的草鸡生的,龙宫聚宝,鲜鱼活虾是自家门前河里捞的。至于那些自产自给的豆类、瓜类、青菜类等更是尽得天然风流,怡眼爽口舒心。

在这里吃饭不用担心农药残留和动物添加剂。餐桌上的草鸡是园内散养的,这些鸡除了夜间宿窝,白天与天地为友,与树林为伍,吃野草,喝溪水,得天道,骨强体健,肌肉发达,经过细火的清炖慢浸,更催发出原始的精气。因此,这里的草鸡除了味道足,还有名气大,以至于城里人闲情来时,便特地寻来解馋。来这里,吃的是原始的味道,自然的味道,绿色的味道,这些味道聚合了农家饭色香味、形声气的内涵,就像雨后添了彩虹天空才格外迷人、花儿多了雨露馥郁才格外透彻一样。

来泽丰园农庄,除了吃草鸡,还有几道菜不得不吃。

草鸡蛋炒韭菜,是必须吃的,别看这草鸡蛋壳绿,个儿小,却蛋清少黄儿多,一入菜,那蛋黄,黄得透明,黄得纯正,黄得让人心动,不吃对不起眼睛。大概是越小的东西积聚的精华越多,草鸡蛋的营养价值远远高于平常的鸡蛋。当草鸡蛋与青青翠翠的韭菜一搭配,其青黄相接的味道便有形有色地出来了,那碧绿金黄的色泽让人联想到了生命的绿色和财富的金黄,这天然绝配的菜肴融入生活的味道,看一眼,就会被赚去三尺口水。

扁豆烧芋头,也断然不能放过,扁豆色绿饱满,经开水焯一下,吃起来便有了一种肉感。芋头洁白如玉,柔韧爽滑,这两者合在一起煮过,嚼在口里,殷实在心里。

还有蘑菇的滑、空心菜的脆、南瓜的甜,豆角红烧肉的香,都让人"不吃不知道,一吃忘不掉"。在泽丰园吃饭,不用担心吃腻了,那清新的空气,农庄人的质朴,永远都是诱惑的调料,让人吃了还想吃,走了还想来。

所谓闲云野鹤般的生活,不过如此吧。

来东台,如果不去泽丰园生态农庄,那便丢掉了一帧上好的风景。

与太阳一起行走

幸福的港湾

清溪边,依河立楼,树荫间,粉墙朱瓦,红的花,绿的草,星星点点围着村子,幸福地开着。甘港,这个绿水环绕,民居星撒,具有里下河水乡特色的村落里的一切,都跟时间兑成了鲜花绿草、青枝绿叶,兑成了遍野的绿绸绿缎在风中起伏摇曳。

甘港不过几里,历史已过千年。有历史的地方便要留下记载,因为记载是为了让这个小村的命脉与文脉得到延续与延伸。据载,宋代之前,甘港以东还是一片汪洋,每遇大海涨潮,海水淹没庄稼,十年九荒,民不聊生。自范仲淹接任西溪盐仓监后,组织当地百姓围海造田,修建成范公堤,至此,境内河水清澈甘甜,甘港也由此而得名,同时见证了滔滔黄海汹涌奔腾,渐渐向东而退近一百公里,一眼千年,将沧海桑田收进眼底心间。

许是看多了历史的风云变幻,许是听过甘港诡诘鲜活的陈年过往,俯仰之间,这里清流淙淙,玉带环翠;鸟语盈盈;蜿蜒叠翠,柳树含烟;阡陌鳞栉,禾苗如茵,氤氲的水汽里,潋滟的波光里,到处闪烁着先贤的人文之光,涌动着生态绿色的音波,董永七仙女文化园,仙湖农业现代园,每一处诱人的景点都附会了一段美丽的神话,串场河,车路河,每一条河流都衍生出许多古老的传说。

走进村中，随意叩开哪家的院门，一股浓郁葱茏的乡村野趣和恬淡宜人的田园气息扑面而来，这里的人家房屋多为两层的别墅，楼下客厅宽敞，楼上住人，中间是敞亮的天井，引清风，招日月，接天雨。若是晴天，登梯上楼，俯瞰高瞻，把酒临风，或一家人围坐于楼台之上，泡一杯新茶，就着暖阳，慢慢地啜饮，气贯胸臆，领略到在致富奔小康的路上，唯有放手一搏，才不负这滚滚红尘风雨兼程。

若是阴雨天，左邻右舍围在一起嗑着瓜子，打牌聊天，或趴上电脑上网购物，浏览信息，或手拿电视遥控器，任意调换着频道，看着高清数字电视。此刻，丝丝雨丝从天而落，敲打着一条条宽阔的水泥路面，叮咚作响，天人合一，绵绵不绝地讲述着光阴的故事，提醒你，即便是盖世英雄，也离不开人间烟火，这里不是天堂，也不是仙境，这里燃着的是千家灯火，飘着的是万家炊烟，是甘港老百姓真真切切，实实在在的生活。

茂林修竹深处，啾啾鸟鸣，咯咯鸡唱，"绿满园"草鸡养殖场的鸡已住上了五六层的小高楼，你看，小鸡住二楼，母鸡住三楼、四楼，公鸡住五楼、六楼，一楼就留着鸡们做会客厅了，甘港现代化生活真是无处不在。

农家屋前屋后，是一畦畦菜地，马兰头、豌豆、黄瓜、辣椒、苋菜等群蔬荟萃，碧绿的一片。这里汇聚着地产的各式原生态美食，汇聚着五烈三宝，汇聚着东台十大名菜和十大名点，里下河美味和江淮名肴，是远近闻名的美食街区。

客人来了，可以品尝到原汁原味的农家乐，饮农家酿制的美酒，吃香喷喷的甘港大米饭、五烈"三宝"——黑宝牌黑猪肉，富春园果蔬，绿满园禽蛋。这些绿色食品都带着一个个好听的名字漂洋过海，登上了都市殿堂，引领绿色、生态、健康、营养饮食新时尚。

甘港人用包容的态度，传承历史的积淀，东台农村改革发展的特色名片，馆藏实物和文献资料2000多件的中国东台村史馆，全面展示中国农村发展历程，开全国之先河。

甘港人用奔放的性格,展现乡村的绚丽,叶子苗木三季有花、四季常青,成为中国最具特色宜居城市的绿廊花廊。

甘港人用开阔的胸襟,迎接世界的挑战,碧城商贸园、不锈钢城、汽车城、年销售30亿元的省级现代服务业集聚区指日可待,撑起南北产业对接,东西联动开发的接力新跳板。

甘港人用创新的理念,成就一个又一个奇迹。甘港湖农民乐园,"七仙女家园风光带"含苞待放,呼之欲出。港池、港湾、港溪、港湖坦然演绎原生态水乡风情。

周末若带着家人孩子来这里,无论是浓荫下的野营小聚,还是曲径通幽处与恋人携手双飞,都有种"采菊东篱下,悠然见南山"的舒适闲散,放纵心缰感受"曾经沧海难为水,除却巫山不是云"的大悟大彻,飒然间心若无物了无羁绊,名缰利锁消于无形,一种仿若参禅悟道的空灵境界油然而生,若唐代大诗人杜牧地下有知,亦当欣然命笔:借问桃源何处是,牧童遥指甘港村。

生命　生活　生存

生命其实就是树。

在浩如烟海的生命历程中,无论是一棵长在山顶上的树,或一株崖顶上的草,树再高,草再茂,终究会与山脚下的树、涧底里的草一样逃不出荣枯生灭的自然规律。

凡是树,就会努力生长,凡是人,就不会无端堕落,无论是西湖沙堤如烟的柳树,还是佛家偈语中冠盖如云的菩提树,那些微笑,那些爽朗,那些高傲,都是天地之间的另一种颜色和性格。

它们演绎着生命的两种不同取向:生活与生存。

生存的树不同于生活的树,它们向往生命的高度,更能体现出生命的尊严。它们独守旷野的落寞,将惊人的美丽、执着、倔强、融入蓬勃的绿荫,燃烧在天地之间;它们与大漠瀚海相伴,在水草丰茂之处流连。虽枝丫相触,根脉相连。它们间却没有太多的是非和说不清道不明的拉拉扯扯,没有太多的钩心斗角和朋比为奸,也不会为了占有一丁点的蝇头微利,一丁点的风光名头,从而搅得内心不得安宁。

对于这个世界,它们是只懂得体悟内心真实的哑巴。生命中有太多的风雨、雾霭、流岚要去抵挡,生存中有太多的困难、太多的诱惑去抗争,为了明天有尊严地活着。

它们无心留意那些蝇营狗苟,鸡毛蒜皮。它们在搬运内心的石头。

冬去了,春来了。

它们相互独立,又互相成就。

因此,在花草繁秀的天地间,凡是树,就有树的风姿,树的妩媚,凡是人,也该有树的温暖,树的坚强。

生命的过程中,总有这样的事情让我们感动。它可以是一朵花,一棵树,一束阳光,一次偶遇的桃源风景;也可以是一首诗,一本书,一幅画,一次念人难忘的午夜场;甚至是一句话,一个眼神,一个微笑,一次无私的伸手相助。

而生活的意义在于不断有新的惊喜,不断创造新的价值,不断让文字为生命取暖。

人生一世,草木一秋。想到人生的虚无苦短,想到花儿将会像秋草

一样萎谢。如此,我们的每天都是全新的,每天都充满着阳光。在诗情画意中,我们许多恼恨和烦忧,皆渐渐淡成背景。

生命之所以美丽,是因为它在有血有肉的过程中,生活之所以多姿多彩,是因为我们始终高扬着一个美丽的主题,美丽之所以永恒,正在于生命的底蕴中,始终流动着人类对世界最纯粹的良知和渴望。

在这个世界上,没有比文字的魅力和心灵的安静,能够使人更为高贵和脱俗的了。

生命是一种进攻,生活是一种进取,生存是一种拼搏。

还生命以过程,还生活以风景,还生存以价值。

于是,生命因努力而存在,生活因美好而多彩,生存因美丽而永恒,这是一个连上帝也祈求的统一。

菱秀水乡

一方水土,因风雅而美丽。一个古镇,因历史而闻名。位于苏中平原的溱东,怀倚里下河、身滨溱湖水,河网密布,沟渠交织,畦田相望,阡陌如绣。湖、滩、荡点缀其间,稻浪、荷塘、蟹池、菱荡随处可见,早在新石器时代良渚中期,溱东"开庄遗址"就有人类环水而居,靠水而生,依水而存的活动印迹,"青蒲阁皇娘登龙舟"传说之处,水乡泽国,风光旖旎。

"浩浩者水,育育者鱼"。水,不仅养育了溱东人,而且渗透于溱东人的生产、生活的各个领域之中,孕育了独特的水乡饮食文化。这种文化,清丽委婉,外巧内慧,情调殊异,自成一格。

畦田之利,利在鱼稻;溱东之美,美在菱藕。水乡地湿,水生植物就多,溱东的先民们长期从事水生植物的种植、采集,培育出菱藕、茨菇、荸荠等,因此,菱和藕、茨菇、荸荠统称为"水乡四秀"。

菱,生长在水中,与绿波依偎,与红鲤相吻,经受风的爱抚,水的拥抱,蝶的撩拨,蛙的挑逗,风起时,根扎得沉沉的,叶立得稳稳的,不随波逐流。狂风暴雨,烈日雷电从没有动摇它生根、开花、结果的信念。因此,在诸品之中,尤以菱为上品。

每年三月,花开水暖的时候,溱东人就从集市上买回菱种,往水乡的沟河,水塘中一撒,清明后,清粼粼的河面上浮起一个个梅花形的菱盘,星星点点,不久就漫满了整个河塘。立秋前后,密密匝匝的菱盘上开出一朵朵粉白色小花,结出一只只鲜嫩的菱角。

菱花开了谢去。翠绿的菱叶装扮着水面,满目碧翠,并有了"南岸雨声北岸晴,青荷盖上断虹明。方舟载得菱歌去,十里莲塘蛙乱鸣"的迷人景致。

过了处暑,"漾漾泛菱荇,澄澄映葭苇",正是采菱的好季节。晴空万里,白云悠悠,波光潋滟。大姑娘小媳妇们,呼朋引伴,搭上红红绿绿的兜头,色彩鲜亮的衣裳,把腰肢勾得细细的,她们乘菱舟,举兰棹,开水纹,竞逐于菱叶之间,挥起纤手翻动菱蓬,摘下水灵灵、嫩生生的鲜菱。

水乡溱东菱塘遍布,菱种繁多,河湖沟塘,遍植菱秧,菱角也是多种多样,有四角菱、两角菱和无角菱,还有野生的三角菱,从皮色来分,又有青菱、红菱、淡红菱之分。常见的菱角,两头尖尖,好像"金鼎",还有种红菱,两角伸展弯尖,仿若振翅飞翔中的蝙蝠。因此,溱东人还喜欢将菱比喻为柔美的佳人,这恐怕是有一点道理的。

"我家住在水中央,两岸芦花是围墙"。面对倒映在水中的稻穗,苍

翠的树木，摇曳的芦苇，姑娘们情不自禁地亮开嗓子，唱起了丰收的采菱曲："欲采新菱趁晓风，河西采遍又河东，满盆栽得胭脂角，不爱深红爱浅红。""稻黄鱼肥桂子香，八月菱角舞刀枪，小伙起藕赶早市，姑娘采菱供月亮，菱秧攀在莲荷上，月里嫦娥当红娘。"

一边采菱一边歌唱，"荇湿沾衫，菱长绕钏。泛柏舟而容与，歌采莲于江渚……"谁想南朝梁元帝《采莲赋》中所写的情景，千年之后复现。脆生生的菱歌，和着轻风细流，在水面上飘动。水乡菱藕熟，晴野稻苗新。姑娘们采着采着，菱角立时起仓，载得一船清香，一船希望。

菱角上市了，菜场集市上又见卖菱的担子。买下一两斤鲜菱，喜得孩子们活蹦乱跳；卖菱女眉眼笑成弯弯的月牙，她们捋起袖管，露出白嫩浑圆藕段般的手臂，一捧又一捧忙不迭地往人家篮子里送菱角。不过，姑娘们自家很少买菱。不是不爱吃，而是屋后的河浜里，还有满池的菱角。

溱东人种菱是行家里手，吃菱也别具一格，菱肉可煮熟了吃，也可生吃；菱肉削成片、刨成丝、切成丁，和着自家地里的菜蔬生炒；也可用它来红烧肉、红烧鸡，或者和着豆腐、腊肉、鲫鱼一起氽汤。因此，这样的季节，溱东家家煮菱，菱香扑鼻，随风飘逸。"秋夕宴中，剥菱佐酒，明河影里，煮菱夜食，香气四溢，诚乃水乡秋夜之一景也。"人们围灯而坐，一边剥菱，一边议事，小小的菱角，真实地折射出溱东人生活的幸福光景。

温泉水滑洗凝脂

　　池，在露天之下。一汪汪清纯碧沏的泉水，或置于千年古树之下，或隐于苍翠的竹林之中，或坐落于青山巨石之后。和煦的阳光透过一层薄薄的水雾，温暖地抚摸着星撒在层林中的浴池，钻石般地熠熠发光，蓝天也遮盖不住，有如一只炯炯发光的天目。

　　隆冬时节，天地间繁华已然敛尽，却挡不住人们前来泡温泉的热情，周日与同事相约到江南，兴致从容地欣赏了江南水乡的细腻纹理。在品尝了名扬天下的天目湖砂锅鱼头后，又来到了三省交会处的溧阳"天目湖"御水温泉，试图用氤氲的江南气息洗涤疲惫的身心。

　　吸足了天地精华的泉水从山上缓缓流下来，这些泉水流入莲花形的池中，则成为一朵朵清澄碧透的莲花，盛开在碧水蓝天之中。流入方形的池中，天圆地方，契合了易经中不因时移，不为人变的某种机理。流入圆形的池中，则变得温婉从容，应和了大音稀声之后通透圆融的人生境界。

　　卸去厚重的冬衣，换上色彩艳丽的泳装，披上洁白的浴衣，穿行于江南茂密的树丛竹林间，我们俨然成了一只只破壳化茧的白蝶，又像一只只叫声尖锐，身形矫健的欢实鸟儿。大地之上，蓝天，白云，绿树，翠竹，泉水，美女，成为时间这条河流最为稳妥的映衬。

与太阳一起行走

之前听说这里男女混浴的风俗,有些惊讶。当走近浴区,看到浴池里一些男同胞在,也许是过多受到儒家文化的影响,同来的几位女同胞虽也冻得直哆嗦,却不好意思下到浴池里去,在池周久久徘徊,但最终抵不过寒冷的侵袭,以及氤氲的泉水的诱惑,羞答答地卸却浴袍、脱去拖鞋,慢慢步入池中,池中的男士友好地微笑着,这里到处弥漫着浓浓的人文气质,伴着温暖的泉水瞬间漫过全身,一时间,我们有了回归的感觉,所有人都还原了大地儿女的本来面目。

掩在树木花草后的浴池有些是半露天的,池中卵石的布局和庭院中的树木花草都像苏州园林一样错落有致。仰面瞑目,琴音莹空,清冽的泉水,不急不缓,在耳膜中游走,汩汩地流,雾气从周身,冉冉升腾,晕开层层水汽,池的四周一些知名不知名的植物的叶子们都低着头战栗起来,微风一吹,满树的叶子一刹那从顶至底染上了太阳的颜色,在阳光下翻着无数棵铜钱,倾泻着斑斓色彩,绚烂无比。

在玫瑰红酒泉,生姜泉,当归泉,形形色色各种温泉池间奔走,与固体的石、流体的泉、气体的氤氲融为一体,物我两忘,一些暖暖的情愫,慢慢地充盈着身体,让人有种恍如隔世的幸福感。这种感觉竟像我柔软的,无法克制的内心。感觉,在那些花和草的绽放中,在这清淡而又不息的乐曲中,自己仿佛从亘古的沉默中被唤醒。渐渐地,额角上沁出细细的汗珠,四肢百骸,通体舒泰,心中的藩篱也被冲洗得水一般空明宁静,在这寒意渐浓的冬日,似乎只有温泉,才是与时间最为丁卯相对的。

人们最先想到的两大无与伦比的自然之赏,一个是秋日赏漫山红叶,一个则正是冬日泡热烈的温泉,如果没有在冬日享受过温泉,就成了冬季最大的遗憾。《水经注》中多次提到温泉的保健作用:"鲁山皇女汤,可以熟米,饮之愈百病,道士清身沐浴,一日三次,多么自在,四十日后,身中百病愈""大融山石出温汤,疗治百病"。有羞花闭月之貌的杨玉环因了温泉水滑洗去凝脂,"回眸一笑百媚生,六宫粉黛无颜色",据说杨贵妃有十一年到过华清宫养生,美容浸浴温泉,以葆其青春风韵。"春寒赐浴华清池,温泉水滑洗凝脂"这一千古名句,道出了中国古代四大美女之一的杨贵妃护肤养颜,保持丽质的奥秘。

要是在春天,池四周到处婆娑着翠翠的竹,绿绿的树,青青的草,这又将会有着怎样的妖娆姿态。如今讲究的,早已不仅仅是形式上的泡温泉,而是一种心境,一种意境。冬天在天目湖的衡水泡温泉,这种静谧且充满书香的氛围,更适合倾诉,适合静思。

南 园 幽 梦

> 花枝草蔓眼中开,小白长红越女腮。
> 可怜日暮嫣香落,嫁与春风不用媒。
> ——李贺《南园十三首·花枝草蔓眼中开》

春回大地,南园百花竞放,艳丽多姿。

辞去奉礼郎后,李贺由长安返回昌谷(今河南宜阳)家中,过起了失意后的闲居生活,一门心思研究诗歌,寻求创作灵感,以其独特的方式——骑着瘦驴,背着古囊,到郊外野游,成就了焕发着独特异彩,奇峭冷艳的李贺风格。

清晨,他沿着昌谷南园幽曲的小道去散步。

最令他赏心悦目的是,日中花开,南园里那些高昂怒放的花以及葱茏柔婉的小草,姹紫嫣红,碧绿成片,参差错落,旖旎无限,涨满了整个春天。

这满园的鲜花,粉白红润,摇曳生姿,风情玉露,娇艳无比,宛如西施故乡的美女。

一切美得恰到好处。

他觉得心旷神怡。

素来,读书人都是爱花的,看到花红易落,顿生无限感叹,面前这些光鲜美丽的生命,终究会伴随春萌冬萎,转瞬凋零。

春归何处?因何总要决然远离?

他叹,叹今生,谁舍谁收?

"可怜日暮嫣香落"世上最是好景不长久,到了"日暮",百花凋零,落红满地。

他怜,草木也知愁,韶华竟白头。

当时,他不过二十来岁,正当年青有为时,却不为当局所重用,犹如花盛开时无人赏。想到红颜难驻,容华易谢,不免悲从中来。

"落花不再春",岁月任磋砣,眼睁睁看它花残人老,沧桑荒芜。

不如委身于春风,不须媒人作合,没有任何阻拦,权凭两厢情愿。

其实,花何尝愿意离开本枝,随风飘零,只为盛时已过,无力撑持,春风过处,便不由自主地坠落而已。

直白隽永,点破世道人心。

如今,面对花草繁秀,春光易老的景象,怎不令人触目惊心啊。

忘不掉,七岁那年,就以长短歌而名动京师。

忘不掉十五岁携《雁门太守行》拜谒韩愈,倍受赏识,结为忘年交。

忘不掉十九岁参加河南府试,因成绩优异,被推荐应进士举。因父名李晋肃中的"晋"与"进"同音,而受到攻击,导致终生未能入仕途。

"男儿何不带吴钩,收取关山五十州。请君暂上凌烟阁,若个书生万户侯。"这些征服自然的理想,不难看出他宏伟的抱负。

他,是一个有理想有进取心的人。

追宗溯源,他父亲李晋肃也算得上皇室后裔,却未沾上多少祖上遗泽,但他却有着挽回颓势,中兴大唐的非凡之志。然而,朝庭已日渐衰败,肌体腐烂,凭他一介书生,岂有回天之力。

也许,悲剧的开始往往毫无征兆地向命运伸出手来,把种子悄然埋下,等待开花结果的那一天。

他虽没有惊心动魄的爱情故事,但有过一场幸福美满的婚姻。

十八岁那年,新婚燕尔的他,春风满面,文坛得意,挥笔写下《美人梳头歌》。

西施晓梦绡帐寒,香鬟堕髻半沉檀。
辘轳咿哑转鸣玉,惊起芙蓉睡新足。
双鸾开镜秋水光,解鬟临镜立象床。
一编香丝云撒地,玉钗落处无声腻。
纤手却盘老鸦色,翠滑宝钗簪不得。
春风烂熳恼娇慵,十八鬟多无气力。
妆成欹不斜,云裾数步踏雁沙。
背人不语向何处?下阶自折樱桃花。

通篇虽没有一个"爱"字,但字里行间,美人对镜梳妆,慵懒惊艳之状,喜爱之情溢于言表,夫妻恩爱,琴瑟和鸣,岁月静好,引人遐想。

人生的际遇往往也是如此,也许当时是年轻气盛,元稹前来拜访,他不屑接待,结果遭到后来成为文学泰斗元稹的报复,从而在以后的科考中没有实现进士及第的宏愿。

与太阳一起行走

用时下的话说，他是一个酸文人，他升不了官，不会利用一下人脉资源，厚着脸皮跑跑后门，文章写得行云流水，却不能科举及第，是痴；一生苦吟，虽有万丈豪情却平生不得志，是痴。

也许，世上一切美好的东西本来就让人还来不及享受，就遁于无形，消失殆尽。

也许，死亡如同一场盛宴，你我都将赴约，只是她比你先行，所以挽留不住。

似水流年，如花美眷，十八岁那年，因病香消玉殒，先他而去。

总说爱坚不可摧，但有时恰似一池碧水，一树春花，一帘月光，一陌杨柳，也会干涸、萎谢、褪色、苍老。

妻子早逝，对他来说打击之大。

井上辘轳床上转，水声繁，弦声浅。

情若何？荀奉倩。城头日，长向城头住；

一日作千年，不须流下去。

一首酣畅民歌笔调写成的《后因凿井歌》，充满了他对佳人的期待和依恋。

天人遥隔，佳期如梦，上天过早地夺去了他心爱之人，他的世界里从此春光不再，一切的一切，如衣上酒痕诗里意，点滴皆是凄凉意。

在韩愈的举荐下，他来到长安，谋得"奉礼郎"的九品芝麻官，一向伟傲清高的他，期间倍爱煎熬，忍受不了充当宗庙祭祀的小官之辱，于是，带着失望和悲哀愤然辞官，回到河南老家昌谷。

"我生二十不得意，一心愁谢如枯兰"。自此，他理想不再，壮志已老。

才二十出头的他，便已发白如霜、枯瘦如柴，就像池塘边老了春心的杨柳，再也舞不动了。

孔子说："诗，可以兴，可以观，可以群，可以怨，迩之事父，远之事君，多识于鸟、兽、草、木之名。"诗可抒不平之怨，可达社会之用，可寄山水之情。从长安回到家中,家人的关怀让他有了些许暖意,他终日苦吟,与诗为伴。

《唐文粹·李贺小传》载,"每旦日出,与诸公游,恒从小奚奴,骑距驴,背一古破锦囊,遇有所得,即书投囊中。"李贺的执着,令活在当下的我们也钦佩有加。

他所处的年代是一个动乱的年代,短促的一生中,他经历了中唐德、顺、宪三朝。从出生的那刻始,社会环境就逼着他一步步走向诗人之旅。

"天若有情天亦老,人间正道是沧桑"。一生落魄的他,用冷艳低沉、阴郁险怪的诗风概括了他坎坷的人生。

晚唐著名诗人杜牧对李贺的诗歌,有着精辟的概述:云烟绵联,不足为其态也;水之迢迢,不足为其情也;春之盎盎,不足为其和也;秋之明洁,不足为其格也;风樯阵马,不足为其勇也;瓦棺篆鼎,不足为其古也;时花美女,不足为其色也;荒国陊殿,梗莽丘垅,不足为其怨恨悲愁也;鲸呿鳌掷,牛鬼蛇神,不足为其虚荒诞幻也。

"寻章摘句老雕虫,晓月当帘挂玉弓。不见年年辽海上,文章何处哭秋风。"作为时代文人的他,读书无用,怀才见弃。盛唐时期的昂扬之气已一去不返,取而代之的是对命运前途的担忧,昔日辉煌盛世已成为永远的怀念和向往,怀疑和否定,最终导致他对主观心灵的追求。

时局阴晴翻覆,唐代强藩交乱不止,宦官飞扬跋扈,内部倾轧不断,致使政治气压升高,弄得人人惶恐不安,文人只是政客手中的棋子。他有才,但他始终是挣扎在浊世漩涡里的筹码,飘泊沉浮,不得救赎。

"边让今朝忆蔡邕,无心裁曲卧春风。舍南有竹堪书字,老去溪头作钓翁。"他何尝不希望做一个用苇笛去吹响生命歌声的人,他还希望老了去做一个悠闲自在的钓翁呢?但现实却让他心疼得把这根苇笛折断。

因为人有时真的很脆弱,脆弱到用逃离去感知世界的邪恶。

当他拿不起这个苇笛,终于把它交还给了未知的世界,拂袖而去。

廿七岁那年,他的泪水终于流干,年轻的生命正如冬日的南园,凋零荒芜,随风陨落。

人生如梦,梦如人生。
对他来说,恰恰如此。

第四辑

一帘春雨枕好梦

纤纤发丝绣乾坤

说来有些惭愧，有着1500多年历史的东台发绣，虽近在咫尺，于我来说却有些隔，不是万水千山之隔，不是雾里看花之隔，而是面对面不能相知的隔。

5·19发绣节，上级要我写发绣节文艺晚会节目串场词，因为缺乏对东台发绣的相关了解，在一个阳光明媚的下午，我满大街地乱逛，在街头我看到了一排排经营发绣的店铺和工作室，便有心上前访一访，于是，我找到了这家绣馆。

在这里我看到了东台发绣最为原始的面目，一个个绣架兀自竖在那儿，染成赤橙黄绿青蓝紫的头发摆在一旁，绣绷上绷着薄如蝉翼的丝帛，一只神态毕真的猫在上面戏蝶，我问绣娘这是什么绣法，她神秘地一笑，说，你两面看看就知道了，我这边看看，那边看看，然后冒失地问，是双面绣吧？绣娘点头微笑。

双面绣的名字，慢慢品来，别有意味，是速写时下一种世态心情，隐喻着同一种人生，会活出不一样的精彩。它有时带有情绪化，摆脱了常态总总思维，以形形色色，不平常的心境，组织在同一画帛中两个不同平面上，在转化绣品的过程中，将生活中千般晦涩，万种情怀，表现到了极致。

于是,我尝试着用写意的心情去看发绣,细看,每个绣架旁,都有两个绣女面对面地飞针走线,绣架上,花在上面开,鸟在上面唱,蝶在上面舞,鱼在上面游,还有蔬菜还有庄稼还有家禽,都在上面鲜活地飞翔和成长,松鹤延龄,虎虎生威,人物山水,十分传神,令人眼花缭乱,美不胜收,用温润如玉这个词来形容东台发绣,再恰当不过。

东台发绣用料很有讲究的,所用头发非少女秀发莫能绣,特别是传统中国画,中国山水画,中国书法,人物画像,动植物写意等。那些富东方艺术气息的双面绣,那些湿润光泽的毛发,在绣女的指间,缤纷上场,让人有一种轻触微温的感觉,那些反映水乡生活题材的双面绣,一块丝帛的两面绣出两种不同动物,水墨画一般,设色繁复,品质润洁,情节和赋色上也有着自己的个性思想,将水乡的光线与色彩顺延到绣面上,有一种延伸的阅读感。

生在水乡的绣女们用自己的青丝,将智慧荣耀和一生的梦想都绣在了上面。"肌肤毛发,受之父母",古人对于头发向来敬重,成就一件发绣作品的往往是信念、信任,而远非绣工针法这么简单。

源于唐而兴于宋的发绣,北宋徽宗年间曾专门在宫中设绣画专科,在大英博物收藏着南宋赵构之妃刘安发绣《东方塑像》。如清康熙《绣考》中所载:唐海陵西溪发绣阿弥陀佛……我真神往了,西溪古集镇乃东台之根,唐代曾是全国最大的盐场之一的东台西溪乃发绣的发祥地。而在唐代,西溪商业繁荣,佛教兴盛,据说,信女们为了表达对佛的虔诚,纷纷剪下长发绣成阿弥陀佛的字样,而后在佛前虔诚地跪拜。一时间,民间青年女子为表达对爱情的忠贞,纷纷效仿,从头上剪下青丝,灯前月下,飞针走线,绣上情郎喜欢的花鸟虫鱼。

一旦头发成为某种象征承诺,青丝为证的发绣也就具有神秘的诱惑力。品味着这些与生命有着某种关联的名词,立时滋生出某种敬畏之心,却区别于别样的情愫与文心,这文心,是虚实相生的。

东台的发绣艺术在历经朝代的风云、战火的洗劫之后，到了清末民初，几近衰绝。70年代初，东台工艺厂一帮师傅弘扬中华民族优秀文化遗产应有的担当，一群下放在盐阜地区的苏绣艺人加盟于东台工艺美术厂，让东台发绣柳暗花明，一幅巨幅名画《清明上河图》让东台发绣蜚声海内外。今年5·19发绣节上，我带着采访任务走近发绣节专设的绣馆。一排排绣架旁，一个个戴着蓝花布头巾，清一色的身着蓝色花布袄的绣娘，以丝绢为底，以绣针为笔，精工绣制一幅幅发绣作品，其用材奇妙、清秀高雅的格调让来宾点赞不绝口，展厅内一幅元代大画家黄公望晚年力作绣成的《富春山居图》以其1380厘米的身姿亮相展会，因为它问鼎全国最国奖项——中国工艺美术精品奖金奖的特殊身份，引起不小的轰动，让来自全国各地的来宾驻足流连。

同苏州的苏绣，上海露香园的顾绣，湖南的湘绣一样，发绣作为一门艺术，堪称中国工艺美术世界里的一朵奇葩，古朴典雅，雅洁秀丽且色泽自然。记得儿时每年曝伏，母亲总会从箱底翻出用五颜六色丝线绣成的花花绿绿的门帘在阳光下曝晒，母亲告诉我，这是刺绣，是外婆给她的嫁妆，这就是我对刺绣最初的认识。而面前的发绣与儿时记忆中的刺绣那艳丽色彩有着质的区别，这种用少女青丝织成的图案有着青花瓷的神韵，水墨画的留白。

发绣因其用材的奇特，工艺的精湛，风格的典雅，融合了书、画、印、染、绣、织、装裱于一体，仅针法就运用滚、施、缠、套、接、切、扣、虚实针等数十种针法，达到平、齐、细、密、匀、薄、和、顺、光等最佳艺术境界，从而坐得秀、奇、俊、丽，而被誉为"天下一绝"。一幅长达1241厘米的画卷，12000多个人物，将山水人物世间百态尽揽画中，世上最长的刺绣作品500罗汉图，以3300厘米的身姿出现在绣都东台，并获得多项国家级大奖，荣登吉尼斯榜，一幅中国画十大名品之一的长卷《姑苏繁华图》，以浓墨重彩写尽康乾盛世古城苏州的繁华，在全国工艺刺绣大赛上获得

与太阳一起行走

金奖,可以称得上是绝唱,近年来,东台先后绣制出《长江三峡全景图》、《八十七神仙图》等一大批发绣长卷。有着一千三百多年辉煌历史的东台发绣,在历经清末民国初期近一个世纪的沉寂之后,像一个哑音后的长调,破空长啸,为世人瞩目,成为东台的一个文化符号。

我终于明白东台发绣之所以雅丽于其他,缘于它曾经的磨难,诸多历史影像使然。就像东台的董永七仙女传说一样,这些里下河水乡人文特色,文化元素,仿佛美人的胭脂,为这水乡绣色淡抹上一些神奇的色彩。

了解了东台发绣,我的审美情趣,越来越接近这件古老温静之物,喜欢这种精致的水乡的古典,小小天地,可见山水,可见天地,氤氲有灵气,回味起来,内心如五线谱,起伏不定,绵延万里。

感恩地活着

时光的轮子每天在转动,一边是快乐,一边是忧伤。生活日复一日,机械往返,一面是现实,一面是梦想。活在这个世上,眼前是值得紧握的璀璨年华,中间是飞快流逝的时光,身后是我无法忘记的回忆和淡淡的伤感。

弹指一挥间,在虚掷 N 个春秋后,又一次跨入生日的门槛。清晨,当我睁开眼睛,阳光正高举着岁月的杯盏,木棉花似的大朵朵地开放。鸟声啾鸣,市声沸沸透过窗户,声声入耳入心。打开手机,一个个祝福短信通过微波传来,内心深处似一把蒙尘已久的竖弦,被轻轻拨动,时光突然被擦得丰盈明亮,富有质感。一种叫着幸福的感觉,从心底荡漾开来,莲花般开放,如影随形,真实而有温度。

有时候得到了一片云,却幸福了整片天空。突然明白,其实我们想要的并不是太多,一声问候,一个微笑,一个眼神,都足够让我们备感生活的温馨美好。

我也因此有了一种感恩的感觉,感谢上苍让我借了美好的名字来投生,峰旻的峰:巍巍一座山,足够的高了,加上一个"旻",秋天的天空,完整的意思就是秋天的山峰高达天空,而要真正让我去顶天立地,生命多美丽,而生活又让我们承受多少的担当。

因为懂得了感恩,我们更加珍惜生活,生活中,我们总在用记忆或忘却感受某种境状,某种启悟,某种哲思。多年前,我从春天出发,成了大地之子,所以,每天,我都感恩地活着,感恩生我启蒙我的春天,感恩母亲给予我生命,在享受生活的同时,总在不断地感恩,感恩生我养我的母亲,感恩在那里一天天长大的村庄。感恩每天一睁开双眼,依旧有人来人往,依旧有爱情在激荡,依旧有人们在歌唱,依旧有莫名的感伤。

因此,每年生日这一天,我就会想起母亲,想起村庄,想起曾经那砖墙青瓦的小屋,屋后蜿蜒晶亮剔透的小河,那绿荫覆盖的古槐树,铺着大树影子睡觉的大黄狗,那雨后老农吆牛扶梨的田畴,那布谷声中母亲播种的一袭烟雨……成为今生弥足珍贵的插图。

掠过小区盛开的茶花,穿过一种心情,一种意境,路边永远是茂盛的香樟和女贞,各色小店、散落在被砍去头颅的树间,庭院里开着不同的花穿过我的倒影和年华。喜欢黄海之滨这湿润的空气,这样令人容易变得年轻的空气,它适宜去做梦或神游、去思念去痴想,也适宜记住或忘却;喜欢在那幽长的深巷中行走,风声沙沙,微笑浅浅;脚步轻轻,心绪淡淡。我希望那深巷没有尽头,这样我的脚步就可以不用停下来,有些美丽就

可以一直延续不老,永远艳阳高照。

早饭后,沐着温暖的春阳,闻着秘密而清凉的花香,特地穿一回高跟鞋,让自己回复淑女时代,而后有节奏地叩打着地面,起伏着往前走。影子在时光下刻下一步一个晨昏,一步一个欣喜,一步一个思恋,一步一个流连。

不知不觉中,哼着轻快的曲子来到菜场,再一路选择能留住我脚步的地方。然后回家亲自下厨给孩子做了她们最喜欢吃的醉河虾,香菜炒粉皮,糖醋排骨,红烧黄花鱼。

从小与母亲一起,原以为永远也不会离开她,谁知终于一天,做儿女的像燕子一样离她而去。我拿起手机拨通家中的电话,告诉母亲,我要回家看看她,隔着电话,依稀感觉到那端母亲欣喜的声音。

转身又到超市买了妈妈最喜欢吃的食品,现在,我特别珍惜与孩子在一起的时光,因为我知道,当她们渐渐长大后,羽毛丰满后,她们会拒绝我去拉她们的小手,有一天她们会像雏燕一样飞翔,远离我,正如我远离母亲一样。

午饭后,归家的心似箭,手握得住飞驰的方向盘,却握不住飞逝的时光。阳光下大朵大朵开放的,是我对母亲深深的愧疚,风中一节一节拔高的是我记忆的童年和乡村。

事先知道我来,母亲早已在风中等候,风吹乱她的头发,七十多岁的母亲,身体已不如从前,腿脚也不灵便了,每次看见她一天天苍老,我的心也在一点点抽紧,因为有孩子牵住,每次回家总不能够有太多的时间陪母亲,这又让我的心总在隐隐地作痛,痛的是不能与母亲长久待在一起,痛的是人永远不能与时光抗衡,而我的母亲正日落西山,渐渐老去。人们总说时光不老,那么我的母亲,你怎么可以老去?

每次回老家最难的就是和母亲说再见,每一次转身离去时,母亲总会跟我,走到屋后相送很远,直到我再三催促,她才依依而回,嘴在却再三嘱咐:有空再来啊,再来!那刻,我的眼中总有一种湿湿的东西打湿一片时光。

如今,在穿过一个又一个城市,走过一条又一条街道,仰望一片又一片天空,见证一次又一次离别后。似乎,淡然了很多,看透了一切,少了一些青涩和不安,但更多了一些歉疚和感怀。

回来的路上,接到萍打来的电话,约晚上一起吃晚饭,此时此刻,因为有了友情的阳光照耀,生命变得通体透明。这一天,活在亲情中,沐浴在友情里,温暖于爱的海洋里,我幸福而温暖地走在人生的路上,平静地穿过那些风景和风雨。透过斑斓叠嶂,歌声不灭,时光不灭。

午 夜 风 景

与太阳一起行走

单位加班,腹中突然唱起空城计来,这时才想起一天早已结束。早春的寒风缱绻着飘飞的发丝,我双手插入衣袋,将头深深地埋进竖起的衣领,沿街信步去找家小吃摊,赶个午夜场,聊且安慰一下辘辘的饥肠。

姐,我们是从外地来打工的,还没找到工作,钱花光了,可否给点钱吃晚饭。一个沉闷的声音仿佛从遥远的天边传来,扭头看,一对年轻男女紧跟在我身后,女子轻轻地拽我的衣服,男的低声嘀咕。

这类情况已不是第一次遇到,每次都近乎同样的语言,甚至于表达方式都是差不多一样,但不管怎样,舍弃一切犒赏就舍弃了一切折磨,我都宁可相信他们的话是真的,活在当下,人与人之间虽已存在信任危机,坚信这样大冷的天,谁也不愿意丢掉尊严,轻易向别人伸手。

女子面貌姣好,男子敦厚老实,看样子是一对外地人。走吧,我请你们。我随和地指着一家商业大厦门前的饺子摊对年轻夫妇说。

广场的一角,支着四根竹竿,盖上一块油布,并撑起一个既遮风又挡雨的饺子摊,里面摆几张八仙桌,周围数张小马扎,油桶做的铁皮炉上,支着一口大铁锅,红红的火苗舔着锅底,白花花的饺子,在锅里上下翻腾,面前的一切,让我周身有了些许暖意。

小小饺子摊,在闹市区繁华渐渐淹没时,却显得格外的惹眼,招摇。这样的小摊,为了躲避城管,白天定是不可能营业的,虽是午夜,客人还是不少,几张小桌坐满了人,几个汉子还就着饺子喝起酒来。

饺子摊的主人,是位五六十岁模样的大娘,见到我,她习惯地端起竹筐,往大铁锅中抛下一份饺子,我说,三份。她不解地看着我,我朝桌旁一对夫妇努努嘴,她问:你什么人?我答:朋友。她低声说:得了吧,这几天,我在这里天天见着他们。

莞尔。因为只要平日里加班晚了,我总会来这里,和大娘已算老熟人了。问她,天这么冷,年龄这么大了,为何不歇工。她说,闲着也是闲着,在街头开饺子摊已有几十年了,街坊邻居每天都会定时来这里吃她包的饺子,有几天感冒没出摊,好多人电话打到家里查点呢。

满足和自豪写在大娘的脸上,她低头用笊篱在锅里搅动,恨不能一下子将生活的本质全打捞出来。也许在这里久了,街坊邻居,认识的不认识的,谁也离不开谁了。

我双手拱在胸前,围着锅台不停地跺着脚。

人生有一双手,只要活着一天,绝不想成为别人的负担。她接着说。

重新盖上锅盖,她说,别急,饺子再在锅中养一下就好了,煮饺子很有讲究,要敞开锅盖煮饺皮,然后盖上锅盖煮饺馅,起锅之前再揭开盖锅兑三次冷水,这样煮出来的饺子不但不会破皮儿,而且还鲜嫩可口。

面前的身影突然变得熟悉起来,哦,原来大娘的背影很像我逝去多年的外婆,儿时我是最喜爱吃外婆做的荠菜饺子了,每到春季,外婆都会踩着小脚,挎上小菜蓝,一步一踮地到田间去采撷荠菜,回家和上鸡蛋做成饺子,那味道至今留在记忆里,挥也挥不去。

再次揭开锅,锅中冒着白气,饺子像一群小鸭,欢快地渡到锅边,像一条条小船从锅底泅上锅面,更像一朵朵刚刚绽放的白玉兰花对我张开一张幸福的笑脸,这一幕美得惊心。

唰,唰,唰,三只碗像三朵洁白的花朵立时绽放在眼前,葱花、蒜泥、味精、辣椒、麻油相继放在碗里,兑上开水,笤篱在大娘手里挥舞,瞬间,碗里就盛满了一个个洁白鲜活的饺子,大娘手一挥,仙女散花似的一撒,碗上并缀上了绿花花的香菜。

来了,孩子们,吃啊,快趁热吃。大娘说。

我将碗推到年轻夫妇面前,也许我和老太太的对话他们二人早已听进耳里,夫妇两面面相觑,搓着手,连身道谢,很不自在的样子,然后,低头各自默默吃着饺子,想着自己的心思,女人抬起头,对男人说,明天我们回家吧。

天上,一颗颗闪亮的星星,有如一双俯视尘寰的眼睛,我知道,它一定被这样的情景动了情。璀璨的夜晚也有熄灯的时候,唯有一盏灯亮在心灵深处的暗角。

与太阳一起行走

一帘春雨枕好梦

天幕低垂,细雨止住了心酸,纷飞出喜悦的泪花,这个春天的第一场雨,好似应约而至的。

风卷柳枝,雨戏云间。房檐下嘀嘀嗒嗒流下来天的眼泪,晶莹透亮,带着初春的寒冷和不知所措亲吻在河面上,升起的晶莹透明的朵朵玫瑰,每一个花瓣上都跳跃着古老而清新的音符,在小小的易碎的花瓣的颤抖中,伴随天空中到处绽放璀璨着的烟花,使我仿佛看见了梦中被释放的快乐,正踩着岁月的尾巴,用脚步来丈量整个春天的长度,踏着风的节拍起舞;隐隐约约的歌声早已透过叠嶂的尘世,唤醒堤塘边的树木和庭院的青苔,在清新的空气里,我仿佛听到了春天神秘的心跳,正调拨着雨的丝弦,用心灵感受着春雨的微冷和琐碎,感受着草长莺飞二月天,拂堤杨柳醉春烟的人间景致。

好雨知时节,当春乃发生,随风潜入夜,润物细无声。雨织雾蒙,清明灵秀,雨的声音有着若远若近的清越,那小小的水花,一圈圈润开的花瓣,印证着自然的律动,生命的存在,而这存在又是多么寂寞凄清。纷纷飘落的雨的身姿,那样柔弱,那样纤细,随风舞动,婀娜自然。远处两株柳树默默舞动,枝条相互触摸,婆娑着的都是它们的语言,静听着雨的叩门声,期待着潮湿的雨的光韵里,散射的水滴的清凉中,希望,是那片初春的叶子,在绿与未绿之间,在生活的快乐和悲伤的两条铁轨上,迎接一个个开始和一个个结束。

春雨霏霏,浸润华土,今夕何夕,逝者如斯。一切都在静止中运动,一切都在运动中变化,在这运动着的时空中,雨带给人的感觉却是超越时空的寂静,是无边的凝固的永恒。心情就在自然的雨帘之中,又仿佛飘忽在这风景之外,超越于万物之上,岁月的流逝中,我们在不断超越自我,我还是那个我,可我又不是昨天的我了。

这雨洋洋洒洒、淅淅沥沥的,是大自然的手笔,鬼斧之神工。想来雨该是滋养万物之精灵,天气就似温文的南方小城人一时的脾气,过去了,依旧还是那么的温文。在旋律悠悠扬扬中,任思绪如水般的流淌,轻轻的让那一份伤感滑落心底,静静地感悟于润物细无声,惊鸿照影来的人生意境,感受"行到水穷处,坐看云起时"的人生境界。雨的宁静清越,素淡美丽。人化为雨,雨化为人,"与天和者,谓之天乐",人超越了本体,心理结构得到了丰富,与自然达到了和谐一致。幽幽细雨声里,总有一片呼唤萦绕心空,站在人生的边沿,好似生命的倾诉。

雨中飘洒的美丽是随意地挥洒,无意而作,人也只有在"无心"、"无意"时,才能感受她,才能亲近她,心灵与她融为一体。凝神于景,入心于境,在自然的雨幕中,灵魂得到了休憩,"心"好像不在了,时间因此凝固了,唯有雨的宁静清越,素淡美丽。人化为雨,雨化为人,"与天和者,谓之天乐",人超越了本体,心理结构得到了丰富,与自然达到了和谐一致,雨在动荡中所形成的本体的空灵美丽,温婉清丽,如此邈远又切近,温柔又寂寞,如梦境的晤谈,虽在喟叹,总是轻盈。"东边日出西边雨",片刻的宁静无法抹去永恒的悸动,没有人的深沉感情,也不会有雨的飘逸瑰丽。人一方面不由自主地追逐尘世的喧嚣纷扰、爱欲情仇;另一方面又想要摆脱远离一切名利争执、情感思辨。能够在灯红酒绿的炫彩中,相约在红泥火炉旁喝着绿蚁酒,在痴痴地念着一个又一个美丽动人的故

事。是何等惬意的事情;而在极其简单的、普通的雨景中,体验那种清绝过人、幽深清远的寂静,雨留给人们希望,总有希望,是留给千山万水后的平淡;总有希望,是留给历经沧桑的幸福。

且 歌 且 行

九月走进南黄海

贴着大海的潮声,睁开混沌千年的双眼,看日升月落,潮涨潮落。

那一瞬,是谁让我的心像高天一样空明,流云般欢畅。

浪花喘着粗气,朵朵绽放,鸥鸟掠过海浪,声声鸣叫,飞舞的风车,在天空舞得更加奔放。

此刻,绿树正青,黄花正黄,绵延无际的沙滩,裸露出经年的风霜,弯弯曲曲的港汊,托起星星点点的渔帆。盐蒿草,高举着季节的火把,四处奔跑,滩涂上,亘古的息壤,向东迅速生长。

迎着澄澈的碧蓝,谁的候鸟在头顶上欢快地翱翔。

拨开遍地的芦苇,谁的羊群在阳光里尽情地歌唱。

多情的蒲公英,揣着久远的梦,飞向比远更远的地方。

该回家的,都将回家,没有家的,大地就是一个很好的避风港。沿着一滴海水,我在寻找抵达灵魂的天堂。

南黄海哦,我来了,就不想走,零星搁在你身边的小船风帆虽已折断,但岁月的油漆从未驳去,昂首面朝大海,等待每一个春暖花开的日子。

盐蒿草怀想

天地太初时,你就与大海同在,叶冲云天,根握地下,与清冷的月光共享雾霭、流岚,共担风雨,霹雳。

春夜里,当那些湿漉漉的同伴睡得正酣,等待苏醒时,你带着梦呓,裸露着身体,抢着它们前面早早醒来,努力长成,一片片,一簇簇,一纵纵,长成大滩涂最瑰丽最原始的调色板,养活千年的牛羊。

最值得骄傲,最不显孤独的理由是,面对太平洋西岸唯一没有被污染的地方,在全球经济最大化时代,人们忘却谁对过去和未来负责,成为被驱赶的羊群时,你独善其身,不去想太多的事,过着春华秋实的安稳生活。

你在美化世界的同时,也在创造一个完美的自己。

如果不是红帆船曾从你身边走过,如果不是战争的炮火曾经烧毁过你的毛发,你不会知道,秋的荒凉,冬的阴冷。物价的飞涨,房价的飙升。

活在当下,没有比追求经济利益更来得现实。青天辽阔高远,你无声无言,彼此对峙,目光却早已高过飞鸟才能抵达的高度。

海上风电

把一切虚无的东西排开,蓝天做帷幕,大地当舞台,舞动水袖,闪亮登场,唱一回生命的主角。

拨开荒草,将脚板深深潜入地下,把信念高高举过头顶,将滩涂切开,需要一种智慧和力量。高大的身影,快速的心跳,你来我往,千万军马打开天堂之门。

阳光轻扶着身体,在人们忙于将自己推销给世界的时候,你怀着朴实的理想,默默站在荒凉的土地上,喝着四季风,吐着新能量。

黄昏被一只鸟儿拉长,港汊的灯火已渐渐阑珊,你独自醒在南黄海一隅,沐着我微薄的敬仰,站成一道风景。

风光鱼互补

是谁,在荒滩安营扎寨绽放梦想,是谁,不知疲倦双手捧着灼人的太阳。

清澈的海水潺潺流过,鱼儿驭着碧波欢快前行,云端飞舞的风车,像奔驰的骏马,一次次泅过万里月光,寂静的周身一片安详。

慢慢地,鱼儿满仓,悄悄地,呼风唤能。

播种与撒网更迭,风机与电磁板辉映,在风风雨雨里共同迎接同一颗月升,同一轮日落。

轻轻走近你,每一步感受到燃烧的温度,静静地靠拢你,为何听不到你喊累的声响。

这样的场景,不必惊奇,碧波之上,稳稳端坐尘世的你,每日揿亮太阳,让我远远地仰望,而你的高度,我却永远无法测量。

此刻,蓦地明白,把自己交给对方,和对方一起温暖,不离不弃,是多么幸福。把自己交给集体,和集体一起分享,是多么荣光。

如此,怕什么盐碱怕什么荒滩,怕什么寂寞怕什么孤独,只要心中有梦想,无论在哪里,都会恒久发光,蓄积能量。

条子泥围垦

大海东退,谁怀着新的期待久久守望。

波浪不在,谁擎起新的梦想默默怀想。

繁星节节攀高,征服一切,走在回家的路上,你在回想过去,描摹你未来的模样。

那位赶海的少女哪里去了?那位打鱼的老爷爷而今又在何方?又是谁将你的命运托付给了这高高的河床?

飞翔的海鸥默默地不说一句话。此刻,苍茫中,你悄悄擦去咸湿的泪水,和骇浪道别。我想轻轻地问一句,千年之后,是谁让你这般感伤?

是因为筋脉就是脚下的土壤,还是远退的海水坚定了你拔出脚步的力量?

迎着南黄海的风,今天的脚步变得坚定,隔着岁月,就能看到自己日渐丰润的面庞,往前走,从清新的空气中吸取足够的氧分,制作线装的词,日复一日。

某一天,蓝天下,你有了一张阳光的脸,暗夜里,你有了一颗明媚的心。一种激情飞来,我幻想我的身体飞起,进入你的信仰,渴望,感受你内心逼人的光芒,而后枝繁叶茂,珠玉满堂。

与太阳一起行走

落花自有情牵处

一阵风过,似无声的黑白老片,穿越了时空,便听得花儿们一声轻轻叹息,生命从春的萌芽到秋的成熟,已经走完一个轮回。生命、物种在秋

的原野杳如黄鹤。

我也搞不清楚,昨儿还是嫩绿媚人,独占一枝春的花儿,竟忽如一夜秋风起,便纷纷随流水落风尘,是不是因为希望中的人久期不至,伊人不在,伊面难见,悠思绵绵……才纷纷凋损、委顿的呢?残留着那几茎残叶却在风中无疑地坚守着,无声地向我传递这个季节最后的信息了。

一时间,花瓣如绮霞片片,已飘然坠落铺作地衣红绉,离开了这纷纷扰扰的人世。魂魄飘在离恨天外,缥缈云中。春梦随云散,飞花逐流水。带着那个酝酿已久的梦想,决然地离开了枝头,无悔而潇洒地,在空中画出一串串绝美的弧线。看她坦然浅笑的样子,便知她要去做一次生命中更有意义的旅行。

都说落花是季节的表情,要不然这个季节里为何到处留下了她浅笑的痕迹,当她在风中尽情地狂舞成一场红雨,然后静静躺满一地美丽的时候,唯有此刻,我也才读懂了花儿们的心思,也许这是一种相知,一种怜惜罢了。也许一地落花,是镌刻在这个季节最后一幕的美丽,是梦的终结,又是另一个梦的开始,她在用生命谱写着一个永久的梦。

花儿谢去,生命从此有了新的内涵,灵魂在那一刻升华在百花之外,以孤芳把秋日笑傲得玉洁冰清,而这香冷的花瓣便陶陶然醉在秋天的酒坛里,这一醉,便是千年。任千年的春去秋又来,任多少人浅吟轻唱,花之魂,只固守在这一方秋日的清冷之外,独自暗香。

直到那一日,在梦中被一个集天地之精华灵秀的女子所唤,也就惊醒了那隐逸的花的魂灵,同事的朋友叫花儿,她三十刚出头,生得娇小玲珑,能歌善舞,从事幼教工作多年,她所教的班年年评优,全市幼儿教育比赛中多次得奖,一个月前听同事说她得了不治之症,尽管她生在医学发达的今天,可还是回天无力,临去的前几天,她说她想去看看孩子们最后一眼,看看她曾经默默为之奉献工作过的地方,于是,朋友用车驮着她在校园走了一圈,当那些她教过的孩子们跟在她身后叫着"老师!妈妈……"花儿有了牵挂,目光依依,一步一回头,驻足滞留很久不肯离去,带着满腹的心思还没来得及倾泻,天地间已遍地黄花,漫天归燕。花儿就谢在了秋天这个充满生离死别的季节里。

　　落花,总是或多或少带着伤感,带着惋惜。"无可奈何花落去,似曾相识燕归来。"花的落去,是否预示着春燕将会如约而至呢?

　　那个叫花儿的女子,冰雪般晶莹剔透,若玉一般纯净无瑕,有着不食人间烟火的心性和超越常人的才情,她像那个在秋日微凉的风中结下海棠诗社的叫黛玉的女子,那照水临花、扶风弱柳的娇弱身躯里,蕴藏着超越脂粉的不凡禀赋,宁可枝头抱香死,何曾吹落北风中。可是这样情致婉转的别样牵挂,还有,那隐藏在思想深处的悠悠情怀,她的片言谁解诉秋心,花儿的魂魄就这样与纯洁善良契合在一起。那样孤独无助依依不舍的情怀让人隐隐地心痛,谁是那个携手相隐的人?同谁诉?只能对花对月,也许在古人的诗中诉得几分吧。"口齿噙香对月吟"、"圃露庭霜何寂寞,鸿归蛩病可相思",就愿这样,随着她清风冷月般凄美的才情飘荡而去。抑或是所有花儿的宿命吗?或者,这样的心境一直在延续,从古至今,抑或是花儿的内心都有这种愁索,在识文断字普及的今天传染到了大众。

　　花期过了,花儿不再美丽,也不再用一晕又一晕的姿容,润出万般风采,虽知花红易落,看今夜窗外更深露重,落花纷纷成冢,多少秘密在其中,谁将柔情深种,谁又能解此情衷,欲诉无人能懂,徒留一帘幽梦。梦里花落知多少,日下,也许留给这花的生命大概就只有怀旧、忏悔与叹息了吧。

　　花儿在超脱中盛开,轻轻打开她驮着岁月的行囊,里面装过多少希望又装过多少惆怅,风花岁月里的旧愁新情,户辞枝头别新恨,然而,那花茎依然傲然坚挺。在砭人的秋风中顽强抗争着,不肯折腰摧眉,更不肯跪倒于地。那片片残叶,在秋天里依然是一面旗帜,顽强地展示生存

与太阳一起行走

108

与睿智。还是撒了一地的花瓣,弄得行人一身的花香,无可奈何地让春天跟着行人匆匆而来。愁闷的花的果子孕育了一冬,又抽枝发芽,令人惊叹不已,"落红不是无情物,化作春泥更护花。"龚自珍的这首诗所蕴含的道理人人都明白,那满地落红原来并非无情物,它的至死不渝,即使凋谢了夜,也为花枝守候一颗永不枯萎的心,她在生命最柔弱处用指尖谱写出下一个春天!

回 家

　　四面临海的佛顶山,诸峰若拱,垒如杯瓢,海浪击破着寺庙的寂静,百鸟吟唱着禅境的安宁。时光流转,岁月轮回中,寺庙前的菩提树绿了又黄,黄了又绿,皱纹也不知不觉地爬上了慧如和尚的额角。

　　一大清早,慧如绕着寺庙转了一圈又一圈,然后,跑到方丈智能面前瓮声瓮气地说:"我要回家。"

　　回家,你哪来的家?智能看着慧如,一头的雾水。

　　来到这个世上,慧如就像一棵岩缝中的小草,活得顽强而自在。别的孩子嘴中从小都有爹娘这个固有的名词,而慧如从生下来打记事始,从没有人叫他回家吃过饭,也从没有人问过他的冷和暖。

　　白天,他靠左邻右舍送来的饭菜,偶尔鸟儿衔来野果来充饥。夜晚,穿过透光的屋顶,他仰望到月亮一张微笑的脸。夏天,闷热难挨的时候,鸟儿扇动巨大的翅膀给他带来丝丝凉风。冬夜,一群鸟儿将他围在中间,满天的星星对他指指点点,给他带来丝丝暖意。

世上有一种机缘,人们将它叫佛缘。那年,智能大师云游到小镇,看到面黄肌瘦,病卧柴房的小慧如。智能大师见他可怜,收他为徒,于是,扶着柴房的土墙,慧如颤巍巍地来到了佛顶山,这一晃,就过了几十年。

来是偶然,走是必然,阿弥陀佛。慧如说。

明年春天,放你回家。智能答。

慧如埋下头来,继续念经,权当默认。

寺庙后面还有一棵菩提树,树上喜鹊窝有七八个。每年,喜鹊还没报喜,蜜蜂们早已开始了辛勤的劳动,慧如也在空地上忙活开了。他挥镐,刨土,种土豆、山芋、向日葵。一群鸟儿围着他欢快地刨食。当汗水湿透了袈裟时,鸟儿就会围成一圈,扑扇着的一对对翅膀,像一台偌大的电风扇,对着他扇起习习凉风,真是沁人心脾。

到了秋天,慧如会收获很多土豆、山芋、向日葵。寺院的僧人天天吃,顿顿吃,怎样也吃不完,于是,他时常背着一个大大的口袋下山,至于下山干什么,没人得知。

每次上山时,慧如都空手而回,但脸上一定写满喜悦满足的表情。

风言风语来了,慧如尘缘未了,凡根未净,在山下养起了女人。

听到这些,慧如总是双手合十,口中念道:居善地,心善渊,与善仁,言善信,正善治,事善能,动善时。

闲言终于传到方丈智能耳里,智能问:"此事果真?"

若能自有真,离假即心真,自心不离假,无真何处真?慧如答。

说不出个子丑寅卯来,慧如被派到后院做洒扫僧。

大雪封门的日子,佛顶山像一口冰冷的大锅倒扣在海面上。每日里,慧如在后禅堂青灯黄卷,念经打坐,冻得直哆嗦。哑巴小沙弥时常偷偷地从门缝递给他两个黑乎乎的山芋窝窝头。但他终究舍不得吃上一口,

与太阳一起行走

将窝窝头藏进布兜,然后悄悄地穿过大殿来到院后的菩提树下,摸出窝窝头,揉成碎粒,撒在地上,而后翘起双手掩住双唇,模仿鸟儿的声音,吹起呼哨。立时,一声声清亮的鸟语,从他花白的胡子里飞出,传遍整过佛顶山。一群鸟儿争先恐后地在他头顶盘旋,拍打着翅膀,抖落在他的肩头,然后,叽叽喳喳,欢快地啄食。

冰雪消融了,春天就要来临。慧如每天坐在门前的台阶上看鸟儿踏歌起舞,欢快地觅食,看野草和鲜花相继转世,独自想着自己的心思。

这一天,慧如又跑到方丈智能面前嗡嗡地说:"我要回家。"

方丈智能皱了皱眉头,心想:此人总在生活的夹道逃逸徘徊,佛缘未了,情缘未尽,无情佛下,是个多情的和尚,身上还残留沼泽的味道,既然注定了要溃逃,也就没了强留的必要。

回家吧!回家吧!智能漠然地说。

隔日,寺庙前人声鼎沸,只见慧如身着袈裟,坐在菩提树下,早已没了气息,一位少年手捧电风扇,哀哀而泣,双肩颤抖,长跪不起。

方丈智能嘱小沙弥叫上少年,问明缘由。

原来,少年的父亲身患绝症,那日,正逢慧如值日,关寺门,少年和母亲上山求佛保父平安,天早已黑了,可母子俩就是长跪佛前,不肯起身。知道少年家的境况后,慧如每个月都会下山送些自种的粮食给这对母子。

南方夏天炎热,面前这台电风扇就是慧如送给少年病中的父亲度炎夏的,可父亲没能用得上就走了。

春天第一缕阳光越过大海照在佛顶山上,万道光柱齐刷刷地射向山顶的寺庙,整个寺庙被阳光围了个水泄不通,给慧如周身镀上了一层金光,百鸟搭起一道五光十色的彩虹,在他头顶唱着挽歌,久久徘徊,不愿离去。

素笺上的水墨画

苏醒的记忆

时光洗濯着你的双足,从一块石碑上闪光的名字——小樊庄,读出你的前世今生。在《天仙配》传说七仙女侍伴智慧的眼眸里,是谁善提笔墨,轻点几笔,你便柳摆枝摇生出羽翼,涌出菽菽稻香,迸出耀眼银棉。

这样的小村,小桥连着岁月,流水述说古今,从明朝樊姓三兄弟苏州大迁徙,到脚下一粒土,一滴水,在回忆里蜿蜒,留下遗风,被一次次旧话重提,在新开垦的菜园里奔涌热泪,正如你亮着的七十多盏路灯,从大地的触角开始,以秋天的名义,靠近你高昂的额头,潜入你的内心,感应你的体温,打破夜的沉寂。

农舍四周,纤尘不染,洁净如洗,打扫清洁的农妇笑靥如花,丝丝垒起旅人的信念。沁人心脾的绿水,美得令人惊叹绝望,摄人魂魄的蓝天,一下子记住那些流水的光艳,直抵生命最初的家园。

此刻,明艳的太阳,突然想要表白什么。

晌午的阳光熨平了正在晒玉米的八十多岁的老奶奶的脸庞,大哥大嫂在房舍旁的运动器械上,左右腾挪,上下翻转,儿童戏于道上,农妇礼让路旁。耕桑勤俭,义礼谦和,一切契合记忆,一切又超乎幻想。

与太阳一起行走

原野之上,你年华果腹,步履轻盈,笑看沧海桑田。仿佛一株被闪电放牧的树,内心变得通透,心静如待,守候天下最原始的风景。

惊悚的目光

轻轻地,弯下腰,把最美的理想种在油黑的土地上,一切在诞生中诞生,舀出迷人的图案,舀出大地的心跳和惊叹。

哦,那就更走近一些吧,沿着大地的边缘攀登,探寻一段传奇的开端,去从一池秋水中取出我的童年和暮年。

然后,与白墙灰瓦的农家小院,池塘边绿而虬曲的大树,农舍四周低矮的篱笆,田野沉甸甸的稻穗,高举着秋天旗杆的玉米,以及道路上辉煌的灯火,做一次久久的拥抱。

再从一朵棉花中,取出最原始的洁净与淳朴。

从碧绿的河水中,取出闲云野鹤的生活态度。

从绿化精品带、河滨风光带、人工湖、新竹园、景观草坪中,取出清新自然、和谐安宁。

再用老巷幽深,河塘清澈取景。草木翠绿,田园风光调色,以一池秋水做世上最自然,最廉价的墨,去描摹一幅浓妆淡抹总相宜的水墨画。

寻找天籁

随性在秋意中行走,秋意越来越浓,而我却在一张脸上,越醉越深。

有一个声音在喊,笨小孩,不要睡去,你要替我一一记下,记下这些名字,再帮我为你,为这个叫小樊的村庄的名字后面添上一笔,再往农家的灶下,添一把柴火,让炉火再旺一些,更旺一些。

于是,一群人走进农家,围在久违的大方桌旁品乡村美味,听村庄花开的声音,赏窗外田园美景。在农家老式旧藤椅上,唠叨一些陈年往事。

树下,铺着树影睡觉的黑狗,睁开眼睛,微笑着打量着我们这样一群陌生人,门前的池塘中,一群鸭子呱呱大叫,比小提琴粗放,比钢琴耐听,它们为你喊出最欢快最简单的语言。你说。这是我怀揣的另一个隐秘的密码,最原始的天籁。

不,是回忆的起点与阀门,我说。

好吧,那就在昼与夜的分界线上,让小狗,让鸭子,让麻雀,让白鹭都坐在绿毯上,瞧着我们起飞,轻轻地绕着小桥,老树,农舍,飞出风的国度,飞向遥远的天际,去自由地丈量你最美最遥远的梦想。

而后,在静好的岁月中,慢慢老去。

农　家　乐

正午的阳光里,我终于靠近了陌生的自己。

哦,原来,在这儿,长条板凳最贴体,青花小碗最养目,屋后菜园摘下的菜蔬色泽最明亮,味道最爽口。

此刻,舌尖是皇后,我的双手做天下最美丽的苦力,不停地挥舞,去猎取世上最养眼,最暖胃的美食。

淳朴的农妇端上城里难见的佳肴,她骄傲的目光,亲和的面庞,让我想起轻摇莲步的外婆,在用世上最特有的慈爱的目光注视着我。

这一刻,阳光突然像块玻璃糖纸贴紧我,溢出盘子、杯子、勺子、罐子、拯救我脆弱的味蕾。屋顶和屋顶互为谜题,互为阶砌,互相亲切地打量一切,摇曳的时光,从身边静静流过。

窗子驱动凉风,风吹帘动,趁着阳光,我昂首振臂,拽出渐渐迟滞的脚跟,随着筷子的节律,启动明明暗暗的幸福。

木 牌 坊

阳光驮满果实成熟的气息,落在你丰腴的胸膛上。时光仿佛只打了个盹儿,六百春秋的光阴已经静静流过。

在你苏醒之前,生命已高高挂了上方。

站在你的面前,花红叶脆,生命丰满,蜻蜓翩舞,在一片清脆的喧响中,魂魄出窍,难于附体。

祖先在远处呼唤,庄周在耳畔呢喃,记住这个名字,三垛热土,守住这扇窗吧,守住了你,就守住了康居乡村,最美家园,守住你,就守住微笑,守住幸福,照进现实,照进梦想。

云深不知处,绿处藏人家,把酒临风,三步成诗,一切暗语在这里都得到了证实。

二千尧舜记住,我们来过,他们爱着这里每一寸土地,对于一个小村,我只是匆匆过客,和顶天立地的你相比,我只有蹉跎半生的岁月,你却有声名远播的光阴。相同的是,我对这片土地有剪不断理还乱的景仰,你有对这片热土有万千的牵念。

白驹过隙处,我只想化作一只飞鸟,栖于你的肩头,看心爱的千家灯火,万家炊烟,看丝瓜蔓一天天蓬勃,看饱满的大豆在阳光下粒粒爆裂,看飞驰的车辆从你身边驶过,神态淡定从容,精神百转千回。

古镇西溪

有人说,先有西溪,后有东台。西溪,千年古镇,东台之根。淡墨描绘过的西溪,白墙黛瓦,古意拙朴,成就了它墨色的底色,在人们心里长出草来,开着黛色的花来,永久地定格。

来过这里的人都知道,老成持重的西溪,沧桑肃穆,斑驳的墙壁,似它风霜岁月的一层老茧。墙顶的荒草,似它仙风道骨的几缕胡须。浅浅淡淡的青苔,则似它磨难出的点点老年斑。不过,正是它两千多年来素面朝天不变的本色,才完美了西溪。

三里路这条晏溪河边青砖铺就的路,是从前通向享有"苏北周庄"美誉之称的古镇西溪唯一的古栈道,在人们记忆里,它仿佛与时光一同出发,贯穿古老的梨木街,延伸至八字桥,凝聚着古镇西溪数不清的古往今来,风中千年默默诉说世事沧桑,一路地过来又一路地远了去。

寻着历史的声音走进梨木街的高墙窄巷,每一个音符,都似敲击在心上,古海陵之地的西溪,那时候是热闹的,脂粉花黛、豆花油条鱼汤面,贩夫走卒的叫卖声,暮鼓晨钟,香火梵音,寺庙庵堂诵经声,从早到晚,巷子有多长,他们的声音便有多长。

老屋、古井、寺庙和庵堂在街中随处可见,好多房子多为明清遗物,那些人家门户洞开,迎接我们这些陌生人也是一张充满笑意的脸,进得门来满眼木刻砖雕,举目古瓷古画,厢房里铺着木地板用脚敲击出的咚咚声也是别样的,还有古色古香的旧时家具,仿佛走进了文物展览馆,一切在古镇寻常人家里显得如此平常和简单,简单平常得就像阳光空气和雨水。

梨木街中有口"缫丝井",大旱之年不涸,七仙女为帮助董永赎身而织三百匹云锦,缫丝井就是她汲水缫丝处。明英宗天顺六年(1462年),巡宰李诚莅临西溪,建亭其上。郑板桥的老师顾繁曾在亭上作《缫丝井亭记》。日军入侵前,井上还有凉亭,四角凌云,翼然欲飞,井旁石碑上有亭记,日军入侵后,亭毁井存。缫丝井旁,现代织女们在织机前飞梭织毯,织机声在夹杂着鸟鸣鹊唱的古镇里,静静流淌的溪水旁,将一缕缕割舍不了的情思织进时光里,柔进人们心中,悄无声息地演绎着一幕幕剪不断、理还乱的,令人回肠荡气的故事,让混迹名利场中的人不由顿起归隐之心⋯⋯

从"缫丝井"往南走,还有个"金钗井",传说是天兵欲抓走七仙女时,董永在后面拼命呼号追赶,天兵想加害董永,为了保护董永,七仙女就拔下头上的金钗在地上画了一根线,遂成一条河拦住了天兵的追路,七仙女将金钗插在地上就成了两口井。七仙女回到天庭后生下了一个男孩,天帝震怒,七仙女只好将孩子送到人间给董永扶养,丢下孩子的地方叫"舍子头",孩子哭闹乱蹬掉下的两只鞋分别叫着"东鞋庄"和"西鞋庄"。

走上八字桥,步履是轻轻的,心里是悠闲的,仰首,是白云流岚,俯身,是曲水流觞,溪光杳霭,引人入胜,仿佛走进了一个黑白老片的镜头,这时要是手中再撑把油纸伞,自己一下便成了明清小说里的开头诗了,难怪江南人多情,自古那些缠绵悱恻的故事也多半在桥上发生,桥上相见,桥上盟誓,桥上相别,旧的风物使清水之上,多了一分情致,三分婉约。伫足桥头,那些曾在书本里见到过的人和事渐渐变得明晰起来,从西溪走出去的三盐官,后来相继成为治国宰相的晏殊、吕夷简、范仲淹,仿佛一下子从文字中鲜活地走了出来,青砖小路上远远近近亦响起他们曾经留下的跫音。

八字桥向南不远处,千年古塔海春轩塔似位饱经风霜的历史老人,屹立在古老的运盐河畔十三多个世纪。只要稍加关注,还能从塔顶的铜葫芦、相轮、铁覆盆或塔基哪个地方,窥出当年海水浸泡之后残留的盐汁,那直冲云霄的"定海神针"还残留着改朝换代的历史风云。依稀听到清代诗人吴嘉纪"溪光浮佛舍,塔影压渔帆"的诵诗声;运盐河畔,隐约听到当年渔民裂人心肺的哀怨呼号声;溪光塔影里,尉迟恭平定天下的厮杀声,渐渐地化为轻歌曼舞在溪边缭绕徘徊。

相传唐朝建立之前,山西朔州(今朔县)尉迟恭之母曾到西溪避难。西溪东面是大海,沿海多为盐民和渔民。渔民出海捕鱼每遇浓雾或风浪,常有海难发生。尉迟恭母亲见此情景,她嘱尉迟恭日后若为一官半职,定要在西溪建一座宝塔,以便渔民出海辨别方向。李世民后感恩于尉迟恭曾在战乱中救过他的命,在平定天下之后,遂准奏在当时军事要塞,全国重要的产盐之地南通到淮河口建一座方向塔,并由尉迟恭监造,此塔又有"孝母塔"、"尉迟塔"之称。传说塔顶是"分风铜"所制,有了它,台风会越境而过,故沿海渔民称之为"定海神针"、"镇海塔"。

通圣桥南,古刹泰山寺的钟声敲出一派祥和虔诚的梵音,高大的大雄宝殿在晏溪河畔随情写意,桥北泰山大道将古镇西溪的风光和都市一下子拉近,将古老文化与现代文明融为一体,"西溪胜境"四个大字金光灿灿,成为西溪光鲜宽阔的额角,牌楼两侧四副楹联情景交融,唐塔、泰山寺、晏溪河、梨木街、范公堤、古八景古韵犹存。北宋三重臣、七仙女、接踵商贾风雅千年。

西溪有的是江南柔情的雨丝,有的是雨丝下打伞荷巾的姑娘,有的是"诗词大道"落地景观灯箱上历代文人墨客吟咏西溪的二十四首诗词。一路徜徉,吟诵,不知不觉就会变成一束江南的丁香,自然而然就成了戴望舒笔下古巷里丁香般的姑娘。不过,走走停停,寻寻觅觅,哪一道

118

秋波才能打湿你爱情的梦想？哪一泓秋波才能漫进你温柔的梦乡？

若是往深处走，也许答案就有了。木阁，绮楼，回廊，临街那青瓦白墙的屋檐下，打开着一扇扇木格古窗，一个个大开的店门上，花开，鸟鸣，蜂飞，蝶舞，鱼游，还有蔬菜庄稼家禽，都在上面鲜活地飞翔和成长，西溪人将智慧、荣耀和一生的梦想都刻在了上面。

石板铺就的路，平平仄仄地连缀着西溪的每一个或长，或短，或窄，或宽，或直，或弯的小街。三里路，梨木街，通圣桥，泰山寺，八字桥，海春轩宝塔。这些都是西溪斩不断的根，割不了的筋。不管是谁，只要走进这些小街小巷，踏响每一块发亮的青砖，就会唤醒许多尘封的故事，就会生出许多幽长的遐想，就会披满一身古色古香。

西溪的故事更是一口打捞不尽的历史深井。太子佛广场上，高高耸立的太子佛铜雕，源自佛教典籍《本行经》"九龙灌浴"佛教始祖释迦牟尼佛。每年四月初八，泰山寺定期在这里举行九龙灌浴法会，当梵乐萦绕的时刻，周边的九条龙为太子像喷水灌浴，古今交融，与整个街道浑然一体。人们在音乐声中向佛祖祈祷和平，祝福安康。

沿着泰山大道去西溪新建的董永七仙女文化园寻访仙踪，是在寻找内心的轴坐标，西溪是横坐标，天仙缘就是一条纵坐标。幽梦、流逝、古典是主题。飞波流韵的肝肠河、辞郎河，淡墨描绘的老槐树，古今交融的园境营造，汉唐风韵红瓦牌楼，古意拙朴的碑廊亭台，烟锁雾迷的近贤桥……一一展开，自有三分的婉约，七分的内敛，引来无数初到者的好奇心，去探究千古传奇故事背后沉浮的前世今生。

当年，七仙女一不小心，把情爱留在了西溪，从而成就了一段千古传奇佳话。老槐树下、凤凰池边、缫丝井旁，董永与七仙女恩恩爱爱，戏水鸳鸯，百年好合；土地公公微笑着隐在树干上；天庭六仙女载歌载舞飘然而至，为之祝福；八字桥畔，仙鹤冲天而上，迎接众仙女。天上人间，古意拙朴，完美和谐。

千年风雨一幕戏，戏下场了，镇园之宝的老槐树，带着泥土的芬芳，在民间茁壮成长，枝繁叶茂，风情依旧。相传《天仙配》里的老槐树就长在台南的十八里河口，董永和七仙女就是在这棵树下指树为媒的，广山境内的殷庄亦由此演变而来。

当年仙姬七女眷顾西溪这块圣地，古镇及附近地区与董永传说有关的地名多达50多处。园内浮雕长廊内的12幅画面的浮雕，将"董永传说"完美演绎。这些典故在西溪方圆几十里内都有证可考。如今它们的轨迹，它的神态，它的喜怒哀乐，全托付给董永七仙女文化园内的流水了。

"谁道西溪小，西溪出大才。参知两丞相，曾向此间来。"是的，西溪出了不少人物。董永七仙女来了，年年从这条路上走过，天上人间，七夕相会。范仲淹、吕夷简，晏殊都向里走来，煮海为盐，呕心著述。近日，中央四套《走遍中国》百集古镇系列片栏目摄制组也扛着摄像机来了，这里留下过他们的足迹就够了，足以让西溪人骄傲了。

那么，留下来吧，留下来你就会是西溪故事里的一个人物，一个情节或段落。

想念一场雪

雪是冬天的精灵，她只在寂静的夜里造访孤寂的灵魂，比如寒窗夜读的书生，比如灯下雾鬓云鬟的女子，比如独钓寒江的蓑笠翁，比如黑夜

轻骑逐敌的壮士,比如正在苦苦等待一场大雪的你和我……

而这一刻,我等了多年,但每次都被无情可寄的念头焚毁。这个冬天的夜晚,窗外终于飘起零星的雪花,它温柔、静谧、安详,伸着温暖的舌头,舔着我的记忆,舔着这个迷离的世界。

绿蚁新醅酒,红泥小火炉。晚来天欲雪,能饮一杯无?也许这样的雪夜更适合静思,脑海突然迸出这样的字句。红尘俗世中,每日摸爬滚打,有时见你不该见的人,说你不想说的话,做你不想做的事,希望的火苗即使蹿出,却难拨响心湖深处最敏感的琴弦。

若是来一场漫天飞扬的大雪,飘飘洒洒,乱剪鹅毛,浩浩荡荡,天清地白。草房内,炉上温着绵柔醇香的米酒,土灶上,锅里沸着酸甜咸辣热气腾腾的菜肴,木桌旁,三五知己,就着一杯老酒,聊些家长里短、陈年垢事,工作中的委屈,生活中的不如意,凡尘俗事,借杯酒释怀,烟消云散。

也许是人到了一定的年龄,许多感动就会渐渐地复活。多少年了,记忆中有一场大雪一直在啸啸不停地下。三十多年前那个冬天的傍晚,天似穹庐,笼盖四野,喜鹊停止喧闹,暴风雨被挤走,云儿纷纷列阵,为一场大雪壮行,一场雪如约而至,静静地飘飞,裹满了枝丫、填平了河坡、围满了村庄、盖满了原野……

放学铃声早响了,教室里,一个身穿红色灯芯绒棉袄的小姑娘,隔着结满冰凌的窗户在痴痴地发呆,她一会儿抬头看天,一会儿低头看脚,妈妈刚为她做的新棉鞋,久久地徘徊在教室内,想着不为人知的心思,眼看天快黑了,小姑娘咬咬牙,毅然脱下棉鞋来,从家庭作业本上撕下两张纸,小心地一包,夹到腋下,冲出教室。

不能这样,孩子,会冻着的,等一等。一个甜脆的声音从后面传来,从办公室刚改完作业打算回家的蒋玉兰老师打身后追上来,关切地对女孩说,舍不得将新鞋弄湿是吧?快穿上,我背你回家。见年轻美丽的蒋老师弯下腰等着背她,10岁的小姑娘有些忸怩,但经不住老师的一番言语,最终乖乖地趴到老师的肩上,搂着老师的脖子,瞬间,有一种温度传遍全身。乡间小路上,有咯吱咯吱的脚步声,清脆地回荡。远处村庄的狗叫声,瞬间化作"千门万户雪花浮,点点无声落瓦沟""柴门闻犬吠,风雪夜归人"的经典画面。

夜凉如水,心头温暖。苍老的记忆从那个冬天傍晚的雪中归来,童年的回忆似一幕幕情景剧总在一遍遍播放,点燃岁月的灯盏,照亮从前的小姑娘的半个人生,我的心头。

它让我至今想念一场亦如从前一样,冰清玉洁,晶莹剔透,薄如蝉翼,飞如柳絮,酣畅淋漓的飘雪。每次想起那场雪,我就会立时回到童年,去一遍遍想象漫天飞雪下,老家的村庄,草垛,房屋,麦田,渐渐缩进雪里。教室的窗户结满无数冰凌,孩子们的琅琅读书声将雪落的声音收藏,铜炉里,外婆把放在火里的豆子烤得噼啪作响。

然后,在与一场雪短暂的相逢里,任乾坤挪移,时光流转,思绪无边漫延,排山倒海席卷而来。去忘记月升日出,潮起潮落,走进秦时月,汉时光,明时风,清时雨,感受古道西风,楼兰风情,舞低杨柳楼心月,歌尽桃花扇底风,去品味"帘外雪初飘,翠幌香凝火未消。独坐夜寒人欲倦,迢迢,梦断更残倍寂寥。"的人生的况味,在想象中把我的城市变成一个银装素裹的童话世界,而后,幸福感动地流泪。

那么,何时才能再下一场记忆中那样铺天盖地的雪呢?

窗外,雪像轻音乐的音符,还在漫不经心下着。人说,佛家有三苦——得不到、不想要、已失去。今晚,这场裹风夹雨的雪,瞬间化为水,它只和我们温婉地问候一声,便又悄悄走了,亦如,它轻轻地来。来如春梦无多时,去似朝云无觅处。

天地的遗产

如果不是从面前这个叫开庄的地下出土了大批的陶器石器,我无论如何也不会想到,在透脱尉蓝的天空下,关于祖先文明的端倪竟然会隐藏于这个有着大地画廊的圩田之下。历史,竟在此际与我交错,我们之间,只是隔了一层泥土,若近,若远,有形,无形。这些深埋于地下的碎片,竟保存着祖先生存发展的原始秘笈。

这个当年叫着海陵郡的地方,因为黄河夺淮而沉睡地下几千年的开庄遗址,带着最初的光芒,从远古的良渚时代而来,经过岁月的淘洗,带着亘古的梦,在我们面前真实地醒来。它静静地尘埋于岁月的遗迹里,若无其事,等待着时间流逝5000多年后,等待着人们惊喜的目光抚摸它。

站在风和日丽的田头,背对着水乡溱东的开庄遗址,我拍了张照片,内心竟觉得可笑,这么宏大的历史,怎么可能在我小小的相机里装下?

"青蒲阁上出皇娘,东窑烧出金龙床",循着远古的麋鹿和飞鸟的足迹,依稀听到先祖流浪迁徙的歌谣,看到先祖春耕秋偿桑梓栖居的痕迹。走进水乡溱东,我们仿佛走进了溱东历史的深处,与"开庄"有着同样悠久历史渊源的"青蒲阁"这些特别的名词与这片土地的碰撞,大笔书写了溱东波澜壮阔的历史。青蒲阁的第一缕青烟,凝固为我畅想的古老画轴。秦始皇吆山填海而使这里原先的一片汪洋大海变为水草丰茂的滩涂湿地，也由此有了后汉书"海陵麋鹿，千百成群"的记载，"国舅庄""凤凰垛"的民间传说，让人想到一个古老得没有年龄的溱东，一个把无尽的人类文明留作天地间遗产的溱东。

地处九州之一的古扬州的溱东青蒲，走过禹贡，走过殷商，走过春秋。当年，汉高祖在这里建广陵县，隋文帝又将此地并入海陵，吴王刘濞在这里"招致之命，海水煮盐"。因此，作为里下河平原碟形洼地东部边缘的溱东，自古素有"鱼米之乡，西南之富""二胡之乡""麋鹿之乡"美誉及东台"金三角之称"，它成为里下河藤蔓上的一个宝葫芦，"全国文明镇"的殊荣，更让这方水土增添了一些传奇色彩。

因此，不管去没去过溱东，一定不会对位于水荡东部边缘那片环河圩田的新石时代良渚文化的开庄遗址以及出皇娘的青蒲阁感到陌生，每当提起溱东青蒲和开庄，人们就流露出充满敬畏的神色和语气，他们不无骄傲地说，皇娘阁旅游风景区建设已全面启动了，不久的将来，一个更加美丽的魅力新城就会展现在世人面前。

于无形之中，开庄遗址，青蒲阁以及溱湖水的地方文脉也滋养了这里的一切，锻打出里下河平原上坚韧的溱东人民，谱写了水乡溱东异彩纷呈的精彩故事。如今，在里下河平原的圩田水荡中，有着物宝天华的水乡溱东，成为一部无字的浩佚书卷，这方水土，注定要奔流涌动着原始力量的河流。这个小镇，天生养育了一群拿龙捉虎的汉子和披星戴月的女人。他们用勤劳的双手描绘着幸福美好蓝图，这里春来菜花黄，夏临荷叶绿，秋至桃子红，到处莲香扑鼻，杨柳轻拂，青草茂盛，瓜果飘香，稻香蛙唱，荷红藕胖，这里的一年四季到处流尚着文明与快乐的声音。

快乐文明的溱东，氤氲的水气里，潋滟的波光里，莲花绽放，暗香浮动，鹧鸪声声，渔歌号子，桨声如歌，白鹭成这儿的舞蹈家，在水乡的河面上划出流丽的圆舞曲，年年岁岁月月不知疲倦地与云朵亲吻，野鸭野鸡鸬

与太阳一起行走

鹚成为水乡溱东诗意的标点符号,在它们的点缀下,构成一幅水乡风情、人文特色、生态宜居的水乡原生态水墨画。

水墨画的溱东洼地里出产的"溱湖簖蟹"个大黄肥,声名远扬,"溱湖簖蟹"与"高桥鹅"、淡水青虾、龙虾、甲鱼、黄鳝、淡水鱼、菱角、松花蛋、砂咸蛋等美食一起漂洋过海,登上都市殿堂。

来过溱东的人没有吃过"溱湖簖蟹"就算没来过这里,每当"溱湖簖蟹"蒸熟之后,雌的蟹黄红中带金,雄的蟹膏透明软腻。但凡有幸品尝过"溱湖簖蟹"的人,大概一辈子忘不了那畅快淋漓、齿颊留香的鲜美滋味,直呼:曾经溱湖难为水,除却簖蟹不是鲜。

因此"溱湖簖蟹"成为"溱湖八鲜宴"中重彩,银鱼、青虾、螺贝、甲鱼、四喜、水蔬和水禽则像众星一样拱着"溱湖簖蟹"这轮皎洁的月亮。若是一对"溱湖大闸蟹"再配上一盆半辣半不辣的鸳鸯螺蛳,一盘连壳都是透明的白灼青虾,一份当地土产的绿壳鸡蛋炒银鱼,一份用溱湖里的虾和鱼做的"虾丸鱼饼",一大盆老豆腐炖蚌肉,再炒上一盘碧绿生青的水芹菜,剥上几只老菱,最后上一碗清炖甲鱼,这顿溱东家宴才算绝对过瘾,让人终生难忘。

来过溱东的人就会明白,当一个地方的历史文化、美食文化、民俗文化以及其他文化已无法用语言悉数表达,当某种事物可以归于天然陈述,譬如,溱东的丝毯、布烙画、溱湖刻纸这些民间工艺多次走进中央电视台,渗透入千家万户,成为不可复制的水乡瑰宝。还有溱东的瑶台音乐、水乡号子、荡湖船、舞龙、唱凤凰、灯会、花船、花担、舞狮子以及踩高跷,这些从远古而来的民间艺术,就像盛开在历史河流中的一朵朵水乡奇葩,或许,可以抵达一种永恒之境。

第五辑 秋韵和声叩帘笼

城市天空

时光搅得青岛这座海滨城市激情四射,蝶舞花开,姹紫嫣红,浪卷千重雪。

轻轻地,幽幽地,不惊扰那卷浪花,不打扰一帘春色。衣袂飘飘的女子,循着辞赋的韵脚娉婷、婉约、带着淡淡的愁韵,走来……

走进久负盛名的青岛八大关、走进康有为、老舍、梁实秋等名人故居,走进《骆驼祥子》那幽深凄惨的境界中、走进一个民族的历史文化典册里。

栈桥影阔朦胧如画,亚洲第一的胶州湾跨海大桥伟岸雄奇,第二海边浴场浪花飞舞,涛声震天。中山公园的樱花粉的似霞,白的似雪,在一片烟雨迷蒙深处,多情地向我摇曳!

闻着这清新的气息,触摸着它的肌肤纹理,平平仄仄走过每一条大街小巷,虽是多次的光临,但我依然被这座城市的整洁、安静、雄浑、壮美和墨香书卷气所感染和深深吸引。老城区的红瓦绿树,碧海蓝天,新城区高楼林立,时尚现代。一路心语如歌,也不枉这人生桐花万里。

与太阳一起行走

樱花雨

一夜听雨，枕梦。清晨，开门，推窗，雨止花谢，落英缤纷。与朋友约好这一天去崂山，可是，外面大雾迷漫，天空黑着一张脸。想起昨日春光中的明媚灿烂，今儿却被不可抗力打碎，顿有悲戚幽怨之念。

人生最美的不是梦境，而是山水迢递间那种朝思暮想，上次来青岛，导游说海面浪高，崂山发大水，没能成行，至今耿耿于怀。也许人生注定有好多巧合和不尽如人意，此次崂山之行能否成行，心里有种不祥的预感。果然，朋友来电话说，崂山有大雨，上山不安全，心里立时沉重起来，也许崂山注定与我无缘。于是，惴惴地穿过重重叠叠的樱花长廊，来到中山公园看樱花。

仿佛是应约赴一场熙熙攘攘的花雨，粉白的花在空中打着旋儿，画着一个个优美的弧线，转眼间皈依尘土，零落成泥碾作尘。三三两两的情侣像一对对美丽的蝴蝶在开满樱花的树下摆着姿势拍照。我像个幽灵似的穿行于花间，偶尔羞答答地请帅哥帮忙，在樱花树下拍张照片，幸好每次他们总很乐意相帮。

花自飘零水自流，由绚烂到落寞，穿过一季节，犹有香如故。纷纷扬扬洒落的樱花，像这个季节的絮语，把一个人的孤独深深嵌入每一寸肌肤上，把某种情愫，青藤般静静地攀在苔迹斑斑的古墙上。

此刻,心也像这些花一样,七零八落,孤独的情愫,如早年的伤痕,逢雨天,潜生暗长。把自己交付给风景,渐行渐远。

太 平 山

人到了某种境地,也只好不变随缘,随缘不变。

在中山公园纵深处一个亭子前,放着一个广告牌,一旁的喇叭也在扯开嗓子,大声地招徕,乘索道上太平山,双程八十,不仅可以尽揽全城风光,还可以一睹崂山风采,太有蛊惑力和感染力了,刚刚因为没去成崂山的失落情绪立时又升腾起来。我问卖票的大姐,记者证可以免票吗?她说,不可以,于是掏出八十元给那女子,然后,一个人勇往直前,义无反顾走向索道,一股山风呼呼在前面,顿觉一股凉意顺着脖子往下蹿,还没到索道口,我就开始有些后悔了。

不过,值得后悔的事还在后面,当我一个人跨上缆车时,肠子都快悔青了,所谓索道上山,那缆车只不过是一个简单的吊椅,也没有黄山和泰山那种全封闭的装备缆车,一组光秃秃的椅子上有一块只能遮阳不能挡雨的篷布,原本一个吊椅可以坐两个人,因为我一个人来,只能一个人挂在高高地天空上,孤独地走完整个旅程。我恐惧地回头对着后面的工作人员大喊:我不要一个人啊,可不可以再来一个人啊,我怕。话还没喊出,缆车已蹿出好远,我吓得用双手捂住眼睛,瞬间有湿凉的液体从指间渗

出,不知是泪水还是雾水。从身后传来一阵哄笑声迅速淹没我的喊声。

霍霍山风从耳边掠过,我下意识地向下一看,下面是千山万壑,莽莽树林,还有村居人家,那一刻,我听到了自己咚咚的心跳声,以及土地与根须的絮语,天空与白云的梦呓,鸟巢与树木的情歌,新酿与老窖的对话。

随着缆车悠悠向前滑行,突然感觉到一股寒气裹携山风向我袭来,我往下压了压头上的帽子,抽出手来,揉揉冻得有些发红,有些麻木的脸,然后将头深深埋入衣领,抬头看天,头上灰蒙蒙好大一团雨云,缆车快走过太平山索道站,而我始终没能走出它的阴霾。

时空下,假使此刻我是一只羊,我也只能被催赶,也只有适应环境,所以我做了一个深呼吸,迅速调整自己,然后,眼睛正对前方,因为山上大雾,能见度很低,喇叭里所说的尽揽青岛海水浴场,电视塔,崂山风光,可我什么也没见着,灰蒙蒙的天空,洒下些许淫雨,一只只飞鸟,掠过身旁,孤独像个灰色的精灵如影随形,如此时率性随欲的天空,如人生的某个片段。想起徐志摩的诗句:"我是天空里的一片云,偶尔投影在你的波心。你不必讶异。更无须欢喜。在转瞬间消灭了踪影。你我相逢在黑夜的海上,你有你的,我有我的方向。你记得也好,最好你忘掉,在这交会时互放的光芒。"我索性掏出相机,对着它们,按下快门,一阵狂拍,鸟儿振翅,消失天际,我却陷入冥思。傻傻地想,鸟儿,如果有下辈子,是否还可与你再于旷野中邂逅?

我用目光拼命搜寻一辈子只能相遇一次的风景,同样这沿途每一点风雨和阴霾,只可以感受一次。某年某月某日我经历的苦难悲痛幸福快乐,也只可以体会一次。想起一个经典的广告词"人生就像一场旅途,在乎的不是目的地,而是沿途的风景,以及看风景的心情……"人生,是不售返程票的旅程。突然发觉自己能够用感恩的心去经历。既然天意安排了这样,何不且将一切换了浅吟低唱,孤旅何尝不是我心灵放逐前的一时禁锢,它明年还会再来。如果只在孤独时才能清澈地读懂人生,读懂每一处风景,我宁愿孤独一路,孤独一生。

东隅已逝,桑榆非晚。一个人静静地,在咀嚼奇特的大自然的同时,也在体会"水是眼波横,山是眉峰聚"的意境,也在咀嚼着一段历史,拂去风烟的尘沙,那曾经的"会山",日占后改称"旭山",到如今太平盛世青岛后定名"太平山",履遭列强欺辱,渴望和平,青岛市区第一高峰,也是市区最大一块绿地。德占时期,称其"伊尔梯斯山",建有多处炮台、碉堡和最早的伊尔梯斯兵营。如今,德国人建的炮位早已无处可寻,那些掩蔽部和观测所、碉堡曾经沧桑了青岛,沧桑了守候一辈子的滔滔海水。

面对细雨纷飞,面对浩渺的烟波翠黛,我生命的思潮沸腾不已。在澎湃中,穿越迷蒙烟雨,穿越长长的胶州湾隧道,穿越一座城市亘古的苍凉——我心头缠绕的情愫已与你纠缠在一起。然而,纵有千般不舍,纵有万种风情,我也终将别你而去。

从湛山寺索道站返回,雨越下越密,走出太平山,沿着中山公园花间小径往回走,一片片粉红的、洁白的樱花飘落,花瓣轻落在苍翠欲滴的叶片上、草丛中,宛如一些理想与信念、逃离与回归的梦。

回眸间,万千繁华已落尽。

八 大 关

早前就听朋友说,来青岛,不去八大关等于没来这座城市,然而要在很短的时间内了解一座城市,亦如走马观花。

这个上午，迷蒙的细雨中，沿着第二海水浴场，一路洒满我流连的目光。之前也是从书本和影像资料见过这里，来到这里，才明白所谓八大关，其实并不是历史意义的什么要寨关口，函国关、居庸关、嘉峪关等这些名字只不过是以长城关隘的名字来命名的街道，其实里边一共有十条以"关"来命名的道路，但通常叫八大关，据说是与八大峡相对应的。

被称为"万国建筑博览会"八大关，新中国成立前曾是各国驻青岛领事馆所在地，因此这里集中了英、法、美、日、俄等24个国家200多个不同风格的建筑，带有浓郁的人文气息，这里的建筑造型独特，风格各异，它们大都凭借天然海岸线和山地构造，巧妙组织道路和建筑布局，每个建筑都有各个的个性特色，占尽巧夺天工之妙。

行至黄海路18号时，一幢欧洲古堡式建筑，吸引了我的目光，其正面造型由圆形和多角形组合而成，楼内由花岗岩贴面，楼外又砌有鹅卵石，为典型的欧洲古堡式建筑风格，又融入了希腊式、罗马式以及哥特式的建筑特色。原来这就是八大关中最著名也是最有代表性的一栋别墅，蒋介石旧居花石楼。因为此楼用各种颜色不同的花岗岩石筑成，因而称作花石楼。蒋介石夫妇、陈毅……数不尽的近代风云人物都曾入住过这里。

带上些童话的想象力，在进居庸关路16号一座典型的丹麦建筑风格的别墅前，绿色墙面，建筑造型由尖塔与不规则斜顶屋面构成，南部为宽敞的方形平台。原来这就是著名的建于20世纪30年代的公主楼，传说1929年，丹麦王子来青岛度假，十分迷恋青岛风光，欲请丹麦公主来此避夏消暑，因此，令丹麦驻青岛领事购地建造，但公主没有来到青岛，公主楼的名字却伴随着建筑流传了下来。可惜如今这座楼已作为一座医院，失去了童话般的意趣。

靠近第二海水浴场，是新中国成立后新建的汇泉小礼堂，采用青岛特产的花岗岩建造，色彩雅致，造型庄重美观，再加上一幢幢别具匠心的小别墅,以及绿树掩映下的公主楼,没有任何精心的雕饰的痕迹,但却有令人一见倾心的清丽,难怪这里曾是列强施虐的对象,正如一个美丽婉约的女子,风情万种,人见人爱。

若不是这些不同的树木花草,我是没法认识东南西北,身处哪条大街的,八大关内有"一关一树、关关不同"之说,每一条街上一种不同的植物,不引起我注意很难,韶关路的碧桃,高高举着的灯笼,粉红如带;正阳关路遍种紫薇,葱茏着对生活全部的热爱,洒下时光流逝中被我们慢慢遗忘的清纯,静静地等待季节来临,然后悄悄地盛开,它们在用一生的体验,一生的细腻,一生的情感,开成永恒的时光之花。居庸关路的五角枫。紫荆关路成排的雪松,宁武关路的海棠,保持着林的姿势,生长一种叫作生命的果实。这些从春初到秋末花开不断,被誉为"花街"的八大关,沉静美妙,隐在一片回味之中,来过这里,见过这样一种美,从此,时光的花朵就会始终红在岁月的荷塘里。

与都市相比,这里是一个令人喜欢的地方,阳光、花香、蝶舞翩翩;浅水、轻唱,韵味绵绵,如此婉约,如此亮丽,满眼的词汇逐渐生动明媚着。宛如一件经过历史的打磨,洗尽铅华,典雅细腻的青花瓷,折射出润洁高雅的光,含蓄而韵味别致,清冷透亮而又蜿蜒回环,蕴不尽之意。

碧树参参,曲径通幽之间,连绵入眼的一条条纵横交错的街道,在翠绿与嫣红的映衬下逼仄向远方,这里每一条街头,每一个小巷,都将景观、生活、艺术融为一体,在城市文明的成长,始终特行独立,保持着自我,成为伊甸园。它们既有小女子的风情万种,又潜藏着男儿的热血疏豪。

行走在八大关的每一条街道,恍然发现,八大关是一个没有边墙的公园,这里庭院与花园融为一体。汽车和行人都不知哪里去了,这里没有林立的高楼,街巷和道路不是很宽阔,也不是很规则,但每一个角落都是鲜花盛开,整洁有序,发现这里适合一个人静静地行走,静静地思考。

与太阳一起行走

从八大关看出青岛这座曾被俳句抽象法西斯践踏的城市,在坚守中不惜付出代价吸收外来文化,又固守着中华几千年文化,在接纳包容中成长的城市,它的表情比我想象中更淳朴,更安静,亦如山东的汉子的脸,果敢刚毅,线条清晰,轮廓分明,感觉这里的历史就写在他们的脸上,如同这个城市,让人一目了然,过目不忘。

在这个把记忆化为庄严肃穆的日子里,在这些平仄的街道长出时光的苔藓,生命与生活之芽,诗情与诗歌之蕾,依次在岁月的枝头次第开放。越过千山万水,只为闻一闻到生命永恒的香味,这也是我亲近八大关,触摸你的历史脉搏,唯一的理由。

栈　桥

太阳在海天交接处静静地升起,海水亲吻着脚下的礁石和沙滩。一只只洁白的海鸥欢快地拍打着翅膀,掠过海面。一对对恋人撑着小花伞,相依相偎地在栈桥上踱步。一阵阵咸涩的海风,涤去我一身风尘和疲惫。

不是初见,而是重逢,四年前,与你一次邂逅,只在瞬间那惊鸿一瞥,从此你就在我脑海中徜徉不去,成了泅渡我心海的一座桥,令我魂牵梦萦,我知道我终究会再来,专注地走来,这个春天,再一次站在你身边,我大口大口地吸着你清新的水汽,陌生而亲切。

栈桥位于游人如织的中山路南端,桥身从海岸探入弯月般的青岛湾深处，桥尽头彰显中国民族风格的翘角重檐建筑端坐于碧波之上。它成为青岛的地标及象征，到青岛来的人如果没有去看一看栈桥，那就等于没来青岛。

　　始建于 1892 年的栈桥，当初只是为清军所用的人工码头。到了 1931 年修建时，长度由原来的 220 米扩建到 440 米，宽 10 米。气势甚是磅礴。好似一只长长的手臂，伸向大海，拥抱着大海。桥南端筑半圆形防波堤，堤内建有民族形式的八角楼，名为"回澜阁"，红男绿女伫立阁旁，欣赏层层巨浪涌来，心中也会波涛汹涌，不能平静，因而"飞阁回澜"被誉为"青岛十景"之一。也是青岛最早的货客运码头，是当年海陆运输的咽喉要道。如今，虽然已历经百年的沧桑，失去了当年的险要地位，可风采依旧。

　　这一刻，喜欢栈桥，并不需要太多的理由，喜欢栈桥，只是喜欢它的欲言又止的样子。再次走向它，发现这段桥其实并不遥远，但却是足以让我身心立时宁静下来的"路"。站在它的身边，就有了通过它到达彼岸的欲望，但此时的我，一切只能将彼岸定格在视野与想象之中。

名 人 故 居

与太阳一起行走

　　"青岛之红瓦绿树、青山碧海，为中国第一……恐昔人之仙山楼阁亦比不及，诗文不足形容之。"之前因为康有为这样一句对青岛最确切得当的评价，就有了我对这座城市名人故居的神往倾心，有了这个春天付诸实施的青岛之行。

　　青岛这座海滨城市的空气中到处氤氲着水汽,这里最适宜去做梦或神游、去思念去痴想,也适宜记住或忘却,来到这里,我也终于明白,这才是文化名人之所以入驻青岛的初衷。这里最能让这些文人雅士集聚之地,多少有它的理由。一定是青岛别有韵致的人文景观与美丽多彩的自然景观让无数文人雅士蜂拥而至。这不,先有康有为来了,再有沈从文、闻一多、老舍来了,洪深、梁实秋、王统照、萧军、萧红、舒群都来了,这些在中国近代历史上拥有一定声誉的文化名人都在青岛留下了他们的生活印迹,这不能不说,这些名人故居见证了青岛人文发展中引以为荣的一段历史。

　　为了寻找青岛残存的文化,这个下午,闻着城市清新的气息,沿着先人走过的足迹,我在老城区里不断地转着,去追踪寻访这些名人故居。这些文化名人的旧居,静静隐藏在青岛海滨各个风景区里,由于青岛得天独厚的气候,青岛的市南区是老城区和新城区融合之处,在海洋大学鱼山校区附近是一片红瓦绿树的典型代表,行至海滨一线就是一个现代化的城市。

　　在海洋大学校门外有一个地图,沿着这个地图看,有近二十处名人故居。但这些故居虽名气很大、数量众多,但正式对外开放的只有康有为故居,其他多为民居,有人居住,缺乏有效的开发保护,居所乱糟糟一片;整体分散不宜寻找,无法形成一个很好的景点群。正是这样的分散、凌乱,让这原本可以积聚的名人效应也逐渐削弱,甚至荡然无存。但有兴趣的人仍然可以前往看看。

　　被誉为"康圣人"的大学问家康有为的故居坐落在小鱼山东麓福山路5号。此处是前德国总督府一位高官的宅第,祖国的大好河山遭受列强的瓜分掳略,由此激起年轻的康有为胸中的救国之火;西方的强盛,使他立志要向西方学习,借以挽救正在危亡中的祖国,青岛的蓝天碧水,吸引他的目光，1922年他来青岛租住，此后三度到青岛，直到在青岛仙栖崂山。正如他将逊帝溥仪赐题的"天游堂"的御匾悬于宅内，他把这座宅院题称之为"天游园"。

在一条开满鲜花的路旁，我们发现了梁实秋的故居，进大门后，里面住着几户人家，已不知哪一家是其故居。站在这里，我仿佛看到1930年，身着中式衣裤和长袍的梁实秋，行走在微斜的崎岖山路上，风度翩翩，精神俊逸，天天步行回青岛大学。他很喜欢青岛，认定青岛的旖旎风光和清爽的气候，宜于定居。他在《忆青岛》一文中写道，青岛之美不在山而在水。因此，他不管春夏秋冬，教学之余总爱到海边漫步。梁实秋相当重视友情，常在家中与友人推杯换盏，猜拳行令或谈文论艺，切磋学术，往往黄昏入座，深夜始散。也就在这时，他开始了一个浩大的工程——翻译《莎士比亚全集》，这一工程一直到台湾他晚年时才完成。如今，我们在这里能看到的只是几个居民茫然的眼神。

沿着一条凹凸不平的方石块铺就的小径，有节奏地叩打着地面，起伏着往前，步步登上福山路3号的沈从文的故居。院内植满了花草，与20世纪30年代著名的剧作家洪深故居相邻，站在这栋二层依山面海的西式小楼前，我仿佛看到1931~1933年沈从文在青岛大学中国文学系执教期间在此居住，灯下笔走龙蛇的情景，短短两年间共完成传记、中篇小说、短篇小说数十篇。也许是青岛的碧水青山让沈从文先生忆起了自己的故乡湘西，在青岛，他的代表作《边城》酝酿而成。

1934年秋，怀揣着国立山东大学聘书的老舍带着家人来到了青岛于黄县路12号一个幽静的小院寓居，在这幢坐北朝南的二层小楼，他先后完成了短篇小说集《樱海集》。长篇小说《骆驼祥子》是不朽况世巨著。住在青岛期间，是老舍写作生涯最闪光的时期。离开青岛后，他不止一次地沉溺在对青岛的回忆中，最让他魂牵的是青岛的宁静。他在自传中自语："青岛安静，所以适于写作，这就是我舍不得离开此地的原因！"

青岛是个充满魅力的城市。她有着美丽的滨海,将休闲与城市完美地融合,到过青岛的人都会爱上这里的海滨一线。青岛冬暖夏凉的宜人气候更将此处变为一个疗养胜地。在一个旅游城市生活了几年,真的是一种享受。这里适合居住,适合休闲,适合疗养,适合养老,同时因为有了这帮文化名人巨笔濡染,墨飞如雨,众星捧月,共鸣交响,青岛也因而更加的钟灵毓秀,大气磅礴。虽然1891年才有行政建制,但却是全国99个"历史文化名城"之一,这也得益于完好无损地保存着一大批名人故居。

魂 断 扬 州

一

帘卷晚天,朗星寂寂。猎猎夜风吹得城头上大明朝的旗帜,霍霍响动,摇摇欲坠。站在三百六十多年前扬州城四月二十四日的那个春夜里,手握宝剑,身披盔甲的大明朝兵部尚书大学士督师史可法,带着副将登上城墙,神情凝重,眺望远方,城外,兵临城下,十万清军距扬州城二十里处安营扎寨,大军压境,虎视眈眈,攻城在即。

暮色沉沉,思绪袅袅。凝望城中灯火渐渐阑珊,瘦西湖一泓曲水宛如锦带,如飘如拂,时放时收,神韵清雅。白塔擎云,石壁流淙,春流画舫,万松叠翠,繁花似锦,烟柳画桥,波光流转,此时,此地,此景,此情,管弦丝竹,歌舞升平,美轮美奂,一派看不透,望不尽的阳春烟景。然而,二十四桥今夜月不在,玉人吹箫今何处啊。肩负重任的天涯羁客望断蜿蜒曲折、清瘦秀丽、含蓄多姿的瘦西湖,犹如一幅国画长卷。极目眺望,万里长江静如练,江南青山峙如屏。面对这片锦绣河山,即将被北方野蛮民族的铮铮铁蹄践踏,他内心如焚,万分惆怅。

雾锁楼台,弦月凝空,瘦西湖长堤依依垂柳,画舫桨声击打着他的情思。婷婷白塔,粼粼波光洗练着他的愁绪。依岸山庄,傍水草堂,阵阵夜风放大着清兵的人嘈马嘶声。

此次督师扬州,由于左良玉率数十万兵自武汉东下清君侧,"除马阮",谁知,马士英竟命史可法撤退所有的江防之兵以防左良玉。他只得日夜兼程抵达燕子矶,从而导致淮防空虚。左良玉为黄得功所败,呕血而死,全军投降清朝;他奉命北返时,盱眙降清,泗州城陷。而当他再抵扬州时,四面楚歌,孤军无援。

援救的信发出多天了,但至今未见一兵一卒,史可法清醒地意识到,只有依靠城中军民,孤军奋战了。此时,城中居民推车,提篮,人担,肩扛,给史可法的抗清大军献粮送水,一位老伯将还冒着热气的晚餐送给他,他握了握老伯的手,然后行至一个年纪稍大的士兵身旁,递到士兵手中,并脱下身上的战袍怜惜地披在他身上,然后轻轻地拍拍老兵的后背,神情严肃,黯然转身。

在军中,谁都知道史可法重情信义,不求声誉,体恤民情,为政尚简,纲目不乱,平时和部将与部卒同甘共苦,同吃一锅饭,共睡一张床,行军中总是等所有士卒都吃到饭他才肯吃,天凉了等士卒都穿上棉衣他才换棉衣,所以很得军心,将士们都愿听他指挥,为国效命。

据说有次大年夜,他把将士都打发去休息,自己灯下独自在官府里批阅公文。到了深夜,疲劳至极,腹饥难耐,叫来当班厨子,要点酒菜。厨子说:"遵照您的命令,今天厨房里的肉都分给将士去过节,下酒的菜

与太阳一起行走

一点也没有了。"他说："那就拿点盐和酱油下酒吧。"厨子送上了酒，他就靠着几案就着盐巴酱油喝起酒来。史可法的酒量本来很大，到扬州督师后，因为军务在身，就戒酒了。

这一天，为了提提精神，他破例喝了点。当他拿起酒杯，突然想到国难临头，想起了朝廷里面那些王公大臣只知道钩心斗角，不问国事，心里愁闷，潸然泪下，不知不觉多喝了几盅，带着几分醉意，他伏在几案上睡着了。

在梦里，他看到了自己恩荫入仕前那个冰天雪地中，在一座古庙里遇到先师左光斗的情景，梦里先师用慈爱的目光注视着他，轻轻脱下貂皮裘衣盖在他身上，并为他关好门。又梦见到考试场上，先师左光斗惊喜地注视着他呈上的试卷，而后用笔在上面批点他为第一名。接着又梦到了先师召他到内室，让他拜见了师母左夫人，先师对左夫人说："我们的几个孩子都平庸无能，将来继承我的志向和事业的只有这个书生了。"他万分激动，心潮难平，大呼先师，然而醒来身边空无一人。他知道，此刻他的梦是真实的，而先师人却早已为奸党所害，他想到这也许是先师在托梦给他，要他护好扬州城，重振祖国江山。然而，面对先师的万千期望，他备感无力和惭愧，泪流满面，悲愤交加，仰天长叹。

他叹空有丰盛如筵的才华，却宦海沉浮，际遇峰峦叠嶂，一腔抱负，无法施展。他叹清兵围攻扬州数日攻城不下，紧急檄文发出几天，调兵兵不至。他叹扬州屡遭兵燹，历经兴废的命运，眼下虽然日夜奋战，疲倦劳累，却是城孤势单，无力回天。他叹被马士英等人排挤，失势之师督师江北，前往扬州统筹刘泽清、刘良佐、高杰、黄得功等江北四镇军务机宜。然而，四镇因定策之功飞扬跋扈，各据地自雄，朝廷无力管束。致使明军非但无力进取，连抵抗清军南下无法布防，不得要领。眼下他节制下的刘良佐和原高杰两藩的将领不战而降。接着高杰部提督李本深率领总兵杨承祖等向多铎投降，广昌伯刘良佐也率部投降。他叹大明朝昏庸无能,奸臣当道,腐朽没落。

二

剑气凝霜,夜凉似水,由于扬州城墙高峻,清军的红衣大炮一时半会儿还没运到,多铎劝降信一次次飞至,史可法一次次退回。他利用这个时机整饬军队,修筑城垣,对军民晓以民族存亡大义,激励军民固守孤城。

其实史可法是个有才能的人,南明朝廷也确实很想重用他。然而自古以来,文人就是政客手中的一枚棋子,史可法是典型的文人出身,有着文人固有的愚忠,南明政府中本有两派,拥立福王的立亲派和拥立潞王的立贤派,史可法本欲拥立潞王,他写信给马士英说,福王"贪、淫、酗酒、不孝、虚下、不读书、干预有司"等七不可立,由于行事犹豫,被马士英占得先机,不得已的情况下同意马士英等人立福王为帝,因为那封信成为对方的把柄,最后被排挤出朝廷。

当福王刚刚在南京监国时,拜史可法为首辅大臣,但是由于马士英觉得自己拥立有功,却没被封首辅之位,于是煽动南京周边军队哗变,逼迫福王即位封臣时将自己改封为首辅,而史可法只落得个东阁大学士之职。而福王不重用史可法的另一原因,则是因为其父老福王乃万历之子,当时万历宠幸郑贵妃,欲改立老福王为太子,是东林党人全力阻挠此事才没能成功。现在的南京城中,东林党人以史可法地位最高,福王自然不会忘了这件事儿,因而有意渐渐疏远他。

怀才不遇,人生不得志,并没有让他失去保护大明朝的职责。此刻,最令史可法懊悔的是当初清军入关,李自成的大顺军虽被赶出京城,但仍有相当大的势力。南明视清军为虏,视李自成为寇,然而怎样处置两者毫无章法。最终在"虏寇"之间最终选择了"款清荡寇",希望联合

清军消灭大顺军李自成。希望能够借助清军的力量,先剿灭李自成势力,再另做打算。然而南明朝旧党争不断,文、武官员之间互相钩心斗角、争权夺利。东林党与马士英、阮大铖之间的矛盾重重。姜曰广、高弘图、刘宗周等人的辞官,朝廷无法同仇敌忾,齐心向外。史可法和大明朝一些臣子的这一方略因此给弘光朝种下彻底覆灭的恶果。

一失足成千古恨,人生从来没有后悔药卖。"联虏平寇"引狼入室,惹火烧身,让史可法自责万端,当多铎让他背叛明朝时,他给多铎回信时态度非常坚决:"可法北望陵庙,无涕可挥,身陷大戮,罪应万死。所以不即从先帝者,实为社稷之故也。传曰:'竭股肱之力,继之以忠贞。'"他引经据典,通篇语气铿锵,他引用了汉昭烈帝、晋元帝和宋高宗的典故,引用了汉光武帝和唐肃宗的史事,考虑到南明力量不济,拙于应对实际,史可法的书信抓住了安宗继统的合法性的大问题,在局势完全不明时做到了不卑不亢、有理有节,表述了自己绝不叛国的决心。

三

隔日傍晚,当多铎诱降书像雪片一样第五次飞至时,史可法拿到劝降信看也没看,就严词拒绝,撕得粉碎,愤然投入护城河中。然而,屋漏偏逢连夜雨,扬州城内守将总兵李栖凤、监军副使高岐凤率部出降,试想当时他以一万部将对决十万清兵无疑是以卵击石,于是,他持笔给母亲和妻子写了一封绝笔信,说:"死,葬我高皇帝陵侧。"身处绝境的史可法心中极为矛盾,他给妻子的遗嘱中写道:"法死矣。前与夫人有定约,当于泉下相候也"。作为大明的臣子,他想到的是忠于国家,至死他都不忘记那个腐朽没落的朝廷。但作为儿子和丈夫的他,想到的是生不能与亲人团聚,死定要共处一室。人生既然忠孝不能两全,那选择效忠国家吧。

硝烟纷飞,炮声隆隆,多铎诱降不成,下令攻城,红衣大炮像一条条吐着红红火舌的毒蛇,持续不断地狂轰滥炸,一炮一条血路,一炮一片号啕,一炮一堆灰烬。大明士兵精疲力竭,纷纷倒下,血溅扬州城。眼看守军越来越少,史可法亲率部属分段拒守,精心设防,亲守西门险要,奋力抵抗,誓与扬州城共存亡。面对局势,他再次想到了死亡这个话题,他想到既然死亡是无法避免的现实,自己人生的最后一场戏将要在扬州上演,那么就要轰轰烈烈去赴这场盛宴,他拿出笔来给爱妻写了最后一封信:"法早晚必死,不知夫人肯随我去否?如此世界,生亦无益,不如早早决断也。"面对战局,面对无援孤军,他从来没有像现在这样,对现实世界的深深厌恶。对时局看得如此清楚,他知道无论是他个人,还是他所尊崇的南明朝廷,很快就要灭亡了。正是在这种绝望的情绪中,史可法已经默默地准备着宁为玉碎,不为瓦全。

四

刀光剑影,杀声震天,清军红衣炮火越轰越猛,六天六夜的激战之后,"城上鼎沸,势遂不支"。扬州城墙被炸出多处缺口,大批清军潮水般涌进城来,史可法一边指挥军民堵缺口,一边奋力厮杀,然而,孤军无援,寡不敌众,转眼间,大明部将身首异处,血流成河,史可法看回天无力,城将失守,此时,他仿佛看到了被缚在烧得通红的铁柱上,经受炮烙的先师左光斗口吐鲜血,大义凛然怒骂奸党的情形,仿佛看到了受刑后的先师靠着墙坐在地上,脸和额头烫焦溃烂不能辨认,左边膝盖往下筋骨全部脱落,眼睛睁不开,举起胳臂用手奋力拨开眼眶,撑开如炬的目光,看着他说,生当做人杰,死亦为鬼雄。此刻,他知道了自己该怎样去做,他奋力拔出佩刀往自己脖子抹去。然而死并不是一件容易的事,一刀下去,自刎未死,他命令副将史德成帮他补上一刀,而史德成见状,大声痛哭,不敢仰视。

一心保国无门,一腔希望渺落,一剑心如纸灰。

在部属护拥之下,史可法从小东门走出,然而,城池外到处是蜂拥的清兵,当他走到小东门时,见军民惨遭清军屠戮,他随即挺身而出,大呼道:"吾史督师也!万事一人当之,不累满城百姓。"这位人称史阁部,谥忠靖令清人闻风丧胆,叱咤风云的一代忠臣,不幸被俘。

五

一个没有才能的人,永远得不到别人的喜欢和尊重,史可法被俘后,努尔哈赤的第十五子多铎以先生呼史可法,亲自出面劝他降清。却遭到史可法的大骂,说:"吾朝廷大臣,安肯苟活?城存与存,城亡与亡,吾头可断,身不可辱。"多铎这样一位骁勇悍将也恭称史可法为先生,他的忠烈让所有人折服。

由此可见,作为文人的他就没有像同样为文人的另一位明末重臣洪承畴那样,头上插上风向标,随机应变。据说,松山一战洪承畴被俘而降清。有趣的是,洪曾自称:"君恩似海,臣节如山"。表示自己忠于大明的决心,洪承畴降清之后,崇祯以为他战死还隆重祭奠他,不久却传来洪承畴投降的消息,崇祯不禁大失颜面。对比忠心耿耿却被他凌迟的袁崇焕,如此昏庸的君主岂有不亡之理。亏他还好意思说:"朕非亡国之君,臣皆亡国之臣!"后来,有人在洪承畴的话后面加了两个虚字,成为一副对联来讥讽他:"君恩似海矣,臣节如山乎"。相当巧妙。

然而,洪承畴的文治武功显然在史可法之上,一个能而不忠,一个忠而不能、历史就是这样造物弄人。

时光不断地刷新记忆,不断改写一切,三百六十多年前的扬州城成为百姓涂炭、英雄断魂的沙场,就在那个春光明媚的季节里,史可法在扬州从容就义。自古繁华的扬州城也由此失守,城池的崩溃成为大清王朝涂炭生灵,成为震惊中外的扬州十日突破口,同时也铸就了气吞山河的民族英雄史可法。

因为史可法的英勇忠烈,扬州成为史上江南顽强抵抗清军的第一座城池,也是清军入关以来首次军民一体的坚强抵抗的一座城。时有言其未死奉其名号兴兵抗清者。如此,为了对扬州人民进行报复,也是满清想杀一儆百,多铎下令烧杀抢掠持续十天,历史上把这件惨案称作"扬州十日"。

数点梅花亡国泪,二分明月故臣心,后人于扬州城北梅花岭畔建"史公祠"及其衣冠冢的史可法祠墓,恢弘威严的"史公祠"如今已成为省级文物保护单位,省级爱国主义教育基地。青冢历经几百年,巍然屹立,永恒不朽,举国上下莫不推史可法为民族英雄,尊称史阁部,其声名尚在炮毙清太祖努尔哈赤的袁督师袁崇焕之上。

扬州自古因诸多文人吟诵有了美名,却是因有了史可法的忠烈而有了灵魂。清乾隆帝弘历南巡扬州时,因当年扬州十日屠城过于惨烈,为顺抚民心,抱着怀柔之心,他来到史可法墓前吊唁,追加史可法"忠正"的谥号,并亲书"褒慰忠魂"四字,如今,走进史公祠,人们仍能从祠内尚在的四字拓片中品读出英雄刚直不阿的精气神,勾起无限回忆。

"风萧萧兮易水寒,壮士一去兮不复还。"生命是终将荒芜的渡口,谁都是过客,然而,人生只合扬州死,唯史可法死得其所,精神永存,名垂千古。

藕香榭秋思

归　路

一曲乡韵,缥缈的笛音声中,我忆起那久别了的却无数次跌入梦中的流水、飞花、斜阳。

一声蝉鸣,让几缕蚕丝牵着我走进流光溢彩的烟雨、芳草、回廊。

风过的天空,似袭青衣的水袖,飞扬、飘逸、婉转,走过繁华喧嚣闹市,无限的清愁早已染遍两鬓,秋的伤口一次次在暗夜结痂,人生一次次走过忧伤的道场。

第一枚花瓣是在何时枯黄的,我无法知道,时间这把精心策划了的刻刀,早已在我的心灵雕出一片天空和一条流淌的河流,去把沧桑沉淀在心底,淌在水面的是风飞舞的微笑,洒落一池的凉赋,退却最后一抹繁华,是叶和花悲壮的情殇。

岁月的青藤,风风火火从春舞到冬,永远都在赴一场又一场盛会,在不死的蛰眠中为故乡守望下一个轮回,守望我那梦中的蝉鸣,守望成母亲风中乱飞的白发迸发的银光,一次次照亮她的儿女从晨雾中起航。

今宵酒醒何处?抬头望月,何处故乡?藕香榭里,渐行渐远却总也走不出的名字。细细碎碎的诗行圈成一个人的背影,在世代相传的陈黄家谱里,撑掌为舟,向一段曲子的深处驶去,寻一条回家的路。

望　月

凉风有兴，秋月无边。

月半弯，清华如水，满天的繁星，在这个残香暗涌的夜里，不知似谁的眼睛，向谁诉说遥夜里的心思。

月光曲从柳枝上落下来，摇动帘子，拉开衣角，霎时看到树和影掬了一袖，披了一肩柔柔的月光，温情地低语缠绵，黯然了的窗棂写着红灯笼诉说尘封岁月里的神韵。

夜色微凉，这样的夜里，突然有个怪怪的想法，如果今夜看不到你，还用那窗干什么？也许风景只为全世界的眼睛而生，等你回完最后一眸，我就把它掩上。而我，沉淀在胸腔中的光鲜，在夜晚一遍又一遍涌动，自生命的河床上缓缓淌过。在溪水的温软里泛波，心因有温暖相伴而奢侈得悸动不已。

夜睡了，路边的黄花醉得正好，有花影人影浮动。落在秋日的掌心，殷开一季的心思，飘出记忆的残香，伸开十指，似乎仍能感到噬骨钻心的疼痛，这疼痛如思念一个人的时候，欲语还休，如爱恋一个人，只剩下情深义重。

路灯下，一对情侣勾着胳膊走向夜的深处，走向那个满月的日子。

夜越走越深，遥远的空间是传说中寂寞嫦娥舒广袖的地域吧！我呢，心灵深处藏了一个许久的秘密，突然间想变成一个千年前的妖精，插上天使的翅膀，穿过时光的隧道，飞到你的身边，去看你沉睡的模样。

忘　情　水

清波载着花的醉片，在静静流淌，随意飘摇，密密地针织着秋的心

与太阳一起行走

情,那些微黄的柳,起起伏伏地惦念着水面的鸥鹭。涨满的秋水,以一颗水晶的心,看一池碧水和着思念冻结,我却这般忘情。

河的两岸长着一对香樟树,叶叶相望,根脉相连,如一对忠贞的情侣,一同沐浴阳光,共同经历风雨,日月的轮回里,它们相依、相守、相伴,直到千年。

乘一叶扁舟,漂在你的水上。看天空中行行雁阵,听水边鸥鸟长鸣,空气里有浓浓的稻花香,透过叠嶂的尘世,那里有你温温暖暖的目光。那一刻云淡、星稀、水滟,一双手,伸出历史的范围,将所有幸福揽入怀里。

荡在你的目光里,任诗意摇动我睡意的桨板,我想放心地在你浓密的睫毛下睡去,心之安然。在水之湄,船之弦,睡成你臂弯里一朵睡莲,而后,在每一个明媚的阳光下艳丽地盛开。今生只为你。

与太阳一起行走

总以为太阳是个飘飞的梦。

小时候听外婆说,太阳是长了脚的,因为太阳是用脚来丈量二十四小时,丈量世界的。太阳有根,这话也是小时候外婆对我讲的,因为太阳每天都自东方跃出,将时光的轮子推得飞快地跑,所以一直认为太阳的根是长在东方的。

外婆家居住在一个小镇上,记忆里认为外婆的家就是太阳升起的地方。她家的房子是乡间常见的那种三间两头房,坐西向东,每天太阳出来的时候,万道光柱就会齐刷刷地射向外婆家的屋子,整个屋子立时被阳光围了个水泄不通,外婆屋后有一棵苦楝树,树上喜鹊窝有七八个。喜鹊还没报喜,蜜蜂们早已开始了辛勤的劳动,外婆呢,也在屋子后面的空地上忙活开了,先是种上几株向日葵,春风一吹,不几日那些幼嫩的叶芽儿就会颤巍巍地伸出肩膀去承接飘落的槐花,与那些躺在地上的槐花白绿相间辉映成一地灿烂,那些在山地里叫着黄花菜的金针花也合时宜地尽情开放,那大朵大朵的黄,仿佛要在一夜间将大地染成金黄,蜜蜂边忙碌边吟唱,用优美的奏鸣曲迎接太阳升起。

外婆起床要做的第一桩事就是打开家里所有的窗户将阳光迎进屋子,然后提着水桶去给屋后地里的葵花们浇水,有一次我问外婆她这是在干什么,外婆神秘地告诉我:"种太阳啊!太阳天天来家中做客,都会丢下一粒种子,因为太阳跑得快,我得快快将它种在地中,不然它一会儿就跑开了。"那时我不太懂,不过我发现每当外婆打开房间所有窗户的时候,太阳的光柱真的像长了脚似的从东方飞快入住外婆家的每个房间,每到六七月,那些葵花们就会张开一张太阳似的笑脸,我似乎明白了原来太阳真的长了脚,它每天都会在外婆家中落脚,外婆的葵花就是太阳的种子。

打那以后,我每天注意到太阳会定时从地平线上一跃而起,就像春天发了芽的种子破土而出,势不可当,"苔痕上阶绿,草色入帘青"。阳光下花香飘舞成流水的音乐,化作一缕微细的颤音,飞上我的眉梢。天天看着阳光无遮无拦地日日来家中做客,小鸟心情怡然天天来窗前唱歌,一根根光柱从东边斜射进来,而且呈梯形的几何状,射到屋子里时就是一摊摊,一堆堆,煞是好看,于是我也确信外婆的话是真的了,太阳的根真的生在东方。从那时起,最喜欢做的事就是拽着外婆的衣角上街追

与太阳一起行走

150

着太阳跑，以至于追踪的脚步从来没有停过。

如今外婆早已离我而去，每当看到路边一簇簇，一垄垄葵花时，都认为那是外婆种下的"太阳"，一直让我陶醉在温暖的境界中，于是阳光下并闪现着外婆的影子，她老人家仿佛一直在我身边，从来没有走远，以至于每个早晨阳光升起的时候，心中的醉并会一瞬间散发开来。阳光和着春风一路走来叮当成韵也罢，都携一种情怀，一路飘落，一路播撒梦的种子，一路花香蜂飞。我每天都在将那些散乱的阳光扎扎实实地接住，即使大冷的冬天里，身上也格外温暖，缩在袖子里的手也能伸展开来。

时下已是深秋，可街上还偶见飘着"流动的红裙子"，人们也随着阳光的行走而行走，阳光挪动我也在挪动，人们也在挪动。那些高楼也许高得不能再高了，一群建筑工人头顶着蓝天攀行在脚手架上，从地面上仰望，他们似群蚂蚁蠕行在城市的上空，也许他们真的不敢大声说话，否则会惊动天人的。那些阳光笼罩在他们身上，周身像渡上一层毛茸茸的金光，我突然想起印度那些金身佛像来，心中立刻闪现着虔诚崇敬的光，站在高处的他们，披一身阳光，仿佛披着城市的希望，他们背对着我，照在他身上的阳光，和当年在外婆家照在我身上的阳光一样，这让我的心阵阵发热。他们像是一株株庄稼的缩影，把汗水凝结成金色的秋天，在辛劳和汗水中追寻着希望和梦想。如今我是一个旁观者，只能用心去感悟他们在阳光下的挣扎。

街上无风，那些和煦的阳光渐渐缝合着时间的裂痕，也抚慰着生命的每一处伤口，始终温暖着我的内心深处，在我的血液里流淌、燃烧和萦绕。只要伸出一只手，就能触摸到那些滚烫的生命气息。阳光灿烂是一种，和风细雨是一种，严寒烈日也是一种，既然每一步都走在时间的轨道上，都走在归去的路上，那么，只有乐观去面对，珍惜现时所拥有，以及微笑与阳光一起行走。

秋韵和声叩帘笼

与太阳一起行走

秋，穿越了夏的热烈与躁动，踩着岁月的鼓点轻叩帘笼，瞬间挤满大大小小的屋子，大地在暖暖的风里，渐渐泛起暖色的金黄。

恰天高云淡，裁出一段秋风，挂上眼角眉梢，亦挡不住出门赏秋的意兴。于是，捻一片秋意，挂在衣角，行走在乡间的青石路上，在渐起渐落的音符里律动成两个字的小令，悦耳、动人、风情。

秋风染黄了梧桐第一枚叶片，默默地挥别还在浓绿的众兄众弟，挥别给予它生命的枝头，寸寸陨落。积雪草密密匝匝地铺满一地，络实在叶底藤上悄悄结着珊瑚珠般的红果，或许俏皮了，攀爬上那水边虬螭的香樟树干，一路绿到了树梢。暖阳笼罩的秋只是颜色显得暗沉了些，却更浓厚了。绿到成靛，似要倾吐出些蓝出来，风一吹抚，才瞬间染上一层胭脂色，流光里它如一只金色的蝶，凄美地划向大地。那红色，似能滴出血来。秋，便在另一枚叶片老去的光阴里，渐渐延深。

总以为秋风之后，那池莲早该辞岁，却不料，烟雾氤氲之下，荷花虽开得颓败减色不少，却依旧有莲叶田田。倾身去闻池塘里由荷长成的莲蓬，一缕残香淡淡地在风中弥漫。那莲未开时叫荷，含苞欲放时称之为荷，开得大方起来，开得绚烂起来，开得肚子微微隆起，便叫作莲了。荷是姑娘家，如今荷长成了莲，想必莲就是许了人家的少妇。赏尽繁花，赏尽妩媚和矜持,退却光鲜后渐成的枯黄却寓着一种禅意。那是静美,是被岁月涤荡后从容的心境。荷与莲其实也都是一人,只是身份不同罢了。莲比荷多了份沧桑感,所以她是有心思的,没人能懂,只默默把那份沧桑刻进了骨子里,由不得她不成长。那份成熟的韵味之美。是一种清冷的快感。此刻若和着江南丝竹,泪便会落下来,心窗被叩开了,彻彻底底,能看到水下藕样的影子。

　　水边栽的垂柳,和"岁寒三友"松梅竹相比,垂柳好像不被文人墨客们看好,还在没心没肺地绿着,然而绿得很经典,或翠绿,或淡紫绿,让人想起贺知章的《咏柳》:碧玉妆成一树高,万条垂下绿丝绦。不知细叶谁裁出,二月春风似剪刀。写的是早春二月的柳,碧玉在古代文学作品里,几乎成了年轻貌美的女子的泛称。这秋天的柳,依然是碧玉妆、绿丝绦,端的是一位千娇百媚的迟暮美人。偶尔打这经过,看翠绿的柳枝轻拂,再阴郁的心情,也会豁然开朗。

　　桂花是最不张扬的植物,大小适中终年常绿的叶,永远葱郁一树。而那花,也是小而零碎,素嫩的黄色,虽有金银丹桂的区分,而颜色或有深浅,但是,遥望去,依旧是一树绿色。沁人心脾的香气却不断溢出来。想来它不开花,不带香气时,默默地伫立在道旁屋后,谁会去注意它,谁会去夸奖它呢?月季依然饱满鲜艳,花香袭珠帘。鸡冠花还在悄然地开放,大朵大朵的艳红,俗也可耐。草丛里的蒲公英,储满一仓洁白的伞,正等待着丽日下启程,飞向比远更远的远方。

　　水稻和玉米在温和的润泽里,悄悄地成长。那棵矮胖的老树上,结着今年的柿子,像一盏盏高高挂起的红灯笼,将日子照得透红透亮、活色生香,那份喜悦的脸红得又像一个待嫁的新娘,一生一世都结着低调的果实,心中一直掩着一个宝石的梦,笑而不语,目光似暖暖的秋阳,纯粹、干净、不染半点尘埃。于是懂得,无论岁月有沧桑,心中都应有信念。信念是生命中的太阳,心中有个太阳才可以承载灵魂的信念,心才会有方向。

想起每年金秋赏桂的时光。都会约三五知己烹茶煮酒,吟诗唱曲。风起处,叶落潇潇,知名的不知名的花絮落了一头一身,然而谁也不忍心去将它拂落。因为四季的变更,生命必然的存在,多么自然的事情,所以秋的季节道是无情却有情,"自古逢秋悲寂寥,我言秋日胜春朝"。看看人家古人刘禹锡心态多好!难怪他活到七老八十。

沧澜之下,霜叶点染,兼层叠娇花嵌缀。本是秋阳无奈时,却惊醒十月小阳春。双双燕剪柳,对对莺泣花。地上虽铺开一片青绿,却绵延浅淡,秋韵无边。季节从容的容颜里写满的是没有一丝矫饰的纯真。薄如蝉翼的花瓣脉络里流动的岁月从眼角浅浅溢出,在一双布满皱纹的手中握着比磐石更坚固的信心,枯黄咀嚼起来不只是涩一种味道。拄杖而行,身边那个人永远是最冷时的温暖,阳光灿烂时被我们忽略。坐在花瓣上看世界,万般只是擦身和携手两种。从擦身到携手,只走过花开的一季,而枯黄到凋零才是携手走过的岁月。

与太阳一起行走

第六辑

一样花开为底迟

宁夏·宁夏

　　宁夏,我来了,一株凡俗的草,情窦初开,放下世俗,开始想念远方的春天。

　　在这个万物渐渐丰满的季节,我从美丽的黄海之滨飞向你的甬道,住在黄河边,吃着黄河水,唱着它的歌,念着它的谣,听着它的故事,诵着它的诗句,然后溶入你的血液里,去作一次永久的皈依。

　　身后高高的贺兰山脉和头顶上一只只不知名的鸟儿,围着我吧,让我闭上眼与你们来一次幸福的拥抱。

　　河滩上,流浪了一整过冬天的羊和我一样,期待天顶上温暖的阳光驱走内心的寒气。

　　被蓝色颜料浸染过的天空下,青草的吃语,小鸟的呢喃,阳光的虔诚,还有我的吟咏,一遍又一遍反刍着《黄河大合唱》的雄浑之音。

　　不要去寻觅第一个走上丝绸之路天涯羁旅的屐痕,三万年前,他踏破铁鞋,越过千山万水远走他乡,再也找不到来时的路。

　　不要去探究是谁的胡笳声声叩开西夏的大门,那些轻歌曼舞,早已淹没在黄河号子的声声呐喊中,嵌入沟渠纵横,阡陌相连的"塞上江南"肌肤里。

　　不要追问丘陵山坡下,谁是开挖出一排排窑洞,第一个挥镐刨土的

那个人。

打开曾经的梦幻,盐碱滩被改造成沃土,放进玉米,放进牛羊,放进贺兰山放进成片树木森林。

多年前,他早已看到了前方的炊烟袅袅,村庄杨柳,小桥流水,人丁兴旺。

这不是幻觉,看吧,所有梦想进入你的信仰,渴望,火一样燃烧在黄土地上。

满手掌装的都是大豆、高粱,在阳光下噼噼啪啪,热烈爆响,红红的枸杞在阳光下放逐梦想。

满喉咙的黄土唱出来的都是高天流云,曾经沧海的欢畅。

满心装的都是浑然未开,秀外惠中的光芒。

满胸膛装的都是树静草闲,野花烂漫,珠玉满堂。

穿过丝绸之路,车辇滚滚旌旗猎猎。

透过唐宋的风,星光呼啸着进入午夜的森林。

翻开我的教科书,我听到了驼铃声声,马嘶驴鸣,一朵云低低俯下身来,一粒沙子急急飞过来,一株杨柳妩媚地坐下来,是塞北江南河边的临水照花,是百川之首楚楚动人的姿势。

是上下五千年的生死相依。

宁夏,请饶恕我对你如此的虔诚,如此的幻想,请允许我再次将你膜拜,并允许我大声对你说:"我爱你!"

我知道,越过万千人群,我也不过是黄河里的一滴水,大漠里的一粒细沙,贺兰山落日下的一个剪影。

宁夏,今夜我要去黄河边取一把泥沙做个暗记。

我要让我的儿女我的子孙世世代代走近你,记住你,解读你。

我要告诉他们,这一粒来自西夏,这一粒来自西周,这一粒来自秦朝,这一粒走过大唐。

我还要说，宁夏，来了，我就不想走。

因为我自打看你第一眼，就想驻进你梦里，

从此不再醒来。

耳畔一个秋

秋的晨幕在市声喧沸中打开，浅浅的池塘里斟满了一夜秋凉，她晃动着步子，渐渐地把池塘边的垂柳从墨绿咬成金黄，然后慢慢咽下，只留一根根骨骼在风中战栗，路边的黄花醉得正好，秋水装着花的醉片，在静静流淌，随意飘摇，密密地针织着秋的心情，用细腻的情感来描摹一幅秋天的水墨画……

秋声悄悄挤进门的缝隙，浓浓的秋意已挤破屋子，秋天总是和风雨结伴同行，一场秋雨将它渲染得更加深邃，墨绿被秋雨不断地稀释着，一个久违的声音让心为之一动，好久没听到那些梦里陌生而又熟悉的声音了，推门开窗，秋色，秋色迎面扑来，再也无法经受它的诱惑，索性信步向家附近的公园走去。

秋虫唧唧声中，野菊黄了，就这么一丛两丛，擦拭着我的眼睛；枫叶红了，就这样一处两处，再看那田荷叶，只剩下一旋儿叹息了。花开过，莲蓬采过，那些曾经遮天蔽日的青荷，也大都折戟沉沙，栽到泥水中了。只有几茎残荷在秋风中坚守，不胜褴褛。因为好久不来，荷老了，真的老

了。突然心生后悔"小荷才露尖尖角"的时候,为什么不来?"接天莲叶无穷碧,映日荷花别样红"的时候,为什么不来?

走在透过云层霞光的林间曲径,如同独自行走在乡间的小路,享受到了另外一番情趣。湿漉漉的石板路淋漓着的模样,黑黑的,被路边的草半掩着,显得很静谧。草籽上一穗一穗的水珠,细细密密的团结在那儿,它压弯了草秆,路边茅草伸出的苇子,被点点的雾花点缀着,像一苇狼尾显得很沉重。最可爱的是路边不知名的野花与狗尾巴草缠绵在一起,相互支撑,青青的茸茸的草籽上布满了小水珠,因着它们相互搀扶,才没有弯曲着低到地里去。秋的温度,就这样在一场秋雨里渐渐地降下去了。

树上的梧桐叶在空中打着旋儿,一片片忽悠悠地脱落,大树立刻显得轻松起来,虽然无风,仍然听得沙沙一片声响,仿佛春蚕吐丝般,忽然间发现一片显得与众不同的梧桐叶悄悄地落在我的肩上,它比一般的叶片儿小且绿些,细看分明是一片新叶,上面还带着几点晶亮的水珠,也许是夜间的那场秋雨留下的吧,兴许是她无法言传伤心的泪珠儿,这是绿叶对大树的情意,对大树的留恋,对生命的热爱,它在这一刻却心甘情愿地把一切献给了秋天,此时不得不感动于她的坦然和无悔。

我怜惜地捡起这片带泪的绿叶,总说一叶落知秋,虽知经过一夏的热烈、张扬,万物都需要休养,心情便也有了更多的平和,我默默将它攥在手里,一抬眼,太阳已透过云雾露出半个脸来,天空飘着的缕缕云丝,让思绪如没有牵挂的纸鸢飘飞起来,突然怀念起儿时乡村的炊烟,那青色的瓦片上漫上一层很淡的烟雾,老家屋后的银杏叶也许正两三片凋谢了,它轻轻地掉下来,悄无声息地躺进瓦沟里。

池塘边农人已开始采摘莲藕,人们从残荷的根部掘出一弧又一弧白藕,几个妇女忙着在塘边洗去周身的污泥,霎时,周身洁白,晶莹圆润的莲藕便呈现在眼前,我惊叹不已,那破败的残荷原来是最富有的哩。只为春华秋实,它至死不渝,守候着的,便是它一生积聚起来的最珍贵的东西啊!

宋欧阳修《秋声赋》里这样描写道:"噫嘻,悲哉!此秋声也,胡为而来哉?盖夫秋之为状也:其色惨淡,烟霏云敛;其容清明,天高日晶;其气慄冽,砭人肌骨;其意萧条,山川寂寥。故其为声也,凄凄切切,呼号愤发。丰草绿缛而争茂,佳木葱茏而可悦;草拂之而色变,木遭之而叶脱;其所以摧败零落者,乃其一气之余烈。"欧阳修笔下的秋色,惨淡,烟菲云敛;秋容,清明,天高日晶;秋气,慄冽,砭人股骨;秋意,萧条,山川寂寥。也许是凡文人墨客们提到秋天,总把它与一切凋零肃杀联系起来,也就成了凄凉的象征。"枯藤老树昏鸦,小桥流水人家","剪不断,理还乱,是离愁,别是一般滋味在心头。"因为它预示着冬天即将来临,然而它何尝不是预示着金色的丰收呢?其实我喜欢在这丰收的季节中徘徊,它使我能静下浮躁已久的心,去静静地欣赏秋天那美丽的胸怀……我贪婪地呼吸了几口诱人的空气,真有点"悠悠心会,妙处难与君说"的感觉。

阵阵悦耳的乐声从远处飘来,只见一只雪白的鸽子落在一位鹤发童颜的老者手上,老者腰间佩着一支长剑,长长的红缨子在阳光下显得特别耀眼,一群老年男女伴随着悠扬的乐曲声悠闲地舞动着手中的长剑,彩扇翩翩,笑语盈盈,我好想拿起画笔画下这瞬间美好,画下这幅人生之秋的风景画,谁说秋天只代表肃杀凋零,目下不正秋声盈耳,秋意无边?天藠地高远。秋显得成熟而干练,她没有春的娇羞,也没有夏的火热,更没有冬的内敛,但她却有着春一样的可爱,夏一样的热情,冬一样的迷人。这一切都是因为那一份从容,一份淡定,一份高洁,才有收获的喜悦,才使冬的孕育,春的萌发,夏的耕耘有了甜蜜的结果。

人生自有痴情处,此情不关风和月,秋天是一个收获的季节,有人收获的无花果,有人收获的孽海花,有人收获的满仓黄金,时光如水,转眼

与太阳一起行走

160

即逝一个凝重的秋,秋给我们的人生注入了诸多情感色彩,何处焉有愁,耳畔一个秋。

聆雨赏竹

七月的天似小孩的脸说变就变,这雨于是说下便就下了,于是急急地穿花拂柳于乡间的绿荫中,终于在一片竹林深处歇下来躲雨。

雨不依不饶地下着,今天总算领略到这雨的骤急与粗犷,雨帘渐密,风挟着雨疯狂地亲吻着大地,风吹竹叶沙沙地响着,雨敲竹叶,如铿锵的古琴演奏着的一首曲子,时而悠扬,时而低回,时而欢快,时而清悦,时而断,时而续,时而无声无语,只见从竹尖滴下的水线,垂挂于眼帘。阳光依旧斜织着欢快的乐谱,跳跃在倾泻的水线上,溅在池塘里开成一池雨花,朵朵相似,晶莹剔透,这水线自然多了几许璀璨、闪耀的光环。

细看这片竹林只是茂密,并不挺拔高耸,却使人的心绪融入一片苍翠之中,澄碧着,淡然着,远离夏日的浮躁,城市的喧嚣,心思也凝结成一首悠扬、飘逸的轻音乐。这天音与心曲和谐、统一着,在心间涓涓地流淌,似微风飘过苍郁的竹林,如朗朗箫音拂过天际,漫过静默的心海,此刻仿佛世界只有我与竹存在了。

竹林深处有一间小茅屋,池塘里的一池荷花,在雨里仰天承接着上苍的恩赐,幸福地摇曳着身姿,一叶小舟穿行于其间正向岸边缓缓划来,舟上一个小孩双脚挂在小舟一侧顽皮地扑打着水面,欢快的水花溅在老翁脸上,笑得老翁胡须乱颤,想必这舟上的老翁便是木屋的主人了,乍看塘中已有几朵开败了的荷花,突然想起"留得残荷听雨声",还有柳永的一首词来,"重湖叠巘清嘉,有三秋桂子,十里荷花。羌管弄晴,菱歌泛夜,嬉嬉钓叟莲娃",今天因为公务下乡避雨在这乡间的竹林深处,看舟在水中游,人在画中行,触摸这自然的灵动,心早已眩晕得不知方向。

天雨淋着我的发,竹雨湿着我的身,顺着淌着雨线汇成的小溪漫步,在这自然的雨声中,我便也自然游弋于人生四季的心海,一缕久违的恬淡漫过心头,心中就多了一份宽容,多了一份静默,多了一份清逸。此时我的心早已随着这竹雨变得丰满圆润起来,竹子尚且"未出土时已有节,待到凌云更虚心",我等为人,凡尘的诸多欲望、人生的棱棱角角在此刻便也荡然无存。

雨住了,整个竹林被雨水冲刷得葱郁浸染,绿得清新而明快,绿得明媚而鲜活,绿得秀逸而清凉,让人沉醉,让人扼腕,只有雨水丹青才能演绎世上如此经典的绿,这竹雨荡涤去心灵多少浮世尘埃,好想从此在竹林深处的木屋中,哪怕是点一盏如豆的灯,品一缕香茗,捧一卷诗书,让文学的感动沁入心怀,让思绪在竹雨中恣意地流淌……

与太阳一起行走

写意黄海情

九月的黄海滩,在艳阳下骄傲而自豪地展示她的威猛和豪放,大堤上临风而立的杉树,叶,相触在云里,根,紧握在地下,静静与大海分担着寒潮、风雨、霹雳,共享雾霭、流岚、虹霓,看日升日落,潮涨潮落,寒暑交替,听惊涛拍岸,海浪声声,鸥鸟长鸣……

久居高楼的我,漫步在黄海滩上,心儿立刻宁静如水了,灵魂也随之变得空明澄澈,如在依山傍水处竹林禅院内着青衣黄卷沐晨钟暮鼓。忘却尘世喧嚣,熙熙攘攘,人间是非,世俗凡尘,独步海边遐思……这时候,耳旁便响起:"小时候,妈妈对我讲,大海——就是我故乡,海边出生,海里成长。大海啊大海,就像妈妈一样,海风吹啊海浪摇,随我漂流四方……"儿时妈妈教我的这首歌。

零星斜搁在岸边的小船,风帆虽已折断,然岁月的油漆永远不会驳去,昂首面朝大海等待着每一个春暖花开的日子,伴大海的每一声喘息,坐观大海每一朵浪花的绽放,一起去追求大海灵魂的韵味,给大海的希冀添上一份纯净而迷人的色彩,去抚慰水鸟焦急的鸣叫和大海狂躁的怒吼,去扬起大海永远飞翔的灵魂。

每个月大潮来临的时候,这脚下便成了一片汪洋,风起云涌的天空与汹涌澎湃的海面交织在一起,风声、雨声、海声组成一曲惊心动魄的交响乐章,无数的浪花向海岸边冲撞,便有了"乱石穿空,惊涛拍岸,卷起千堆雪"的雄壮。梁启超曾说过,"海也者,能发人进去之心也……故久居于海上者,能使其精神日以勇猛,日以高尚,此古来滨海之民,所以比居内陆者活气较为胜,进取较锐。"所以生于斯长于斯的渔民每逢涨潮的时候,便会三三两两地扛起渔具出海打渔了。曾听说过有这样一家三兄弟,晚上出海了,这一去就永远也回不来了,然终于有一天,大海驮着三兄弟自远方飘回来了,大海为不能抗拒狂风的肆虐而内疚得流泪了。

海纳百川,有容乃大,大海正是有了宽广的胸怀,才有了"海上生明月,天涯共此时"的人间神话,潮涨潮落,看流水淘尽千古风流人物。白云一片去悠悠,江海成洋不胜愁。谁家今夜扁舟子?何处相思明月楼?

一草一木总关情,我爱蔚蓝的大海,更爱黄海之滨这片热土,黄海人顽强的生命力就像大海一样生生不息,他们都在酝酿同一个腾飞的梦想,扩黄海港,建万吨码头,兴临港工业,发展海洋经济……黄海潮水连海平,锐意进取共潮生。

一样花开为底迟

冬日里,忽闻得"扑哧"一声轻笑,窗台上的水仙花开了。整个世界一下子清亮起来,闭上眼似乎还能听到一些秘密的细语,是花儿之间的对话吧,要不,怎么我一句也听不清晰。

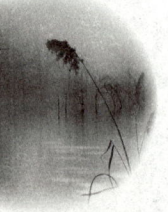

阳光中有种诱惑在招手,水仙次第舒展着曼妙的舞姿,缓缓地,一朵、两朵、三朵,挤挤挨挨、相亲相爱地绽放,雪白的瓣、鹅黄色的蕊。冰肌玉骨,宛若古代众多好看的女子,疏野淡泊、笑靥盈盈,在绿色条状叶子映衬下,亭亭玉立,娇娇的、羞羞的,让人在感受美丽的瞬间,领略它"可远观,而不可亵玩焉"的骄傲与高贵。犹如晨曦淡淡托起的云雾,空濛微雨沐浴的青池;似入竹飘零的水滴,恬静而平淡,高雅而闲远。它浮坠延延,似山,而仁、而静;似雾,而幻、而迷。似雨,盈盈而哀婉;似情,销魂而黯然。仿佛春水碧帘,阆苑仙葩,完美无瑕,令人魂牵梦绕。

冬日在古人眼里向来只有枯藤老树昏鸦,是百花枯谢、冷落萧条的季节,而在寒冷的枝头痴痴缠绵的唯独水仙和梅花,它们谁是兄谁是弟,谁是姐谁是妹,也许它们是前世就约好的一对亲兄妹,不盛开在万紫千红的春天,百花齐放的夏天,尘林尽染的秋天,似一个小精灵独自与雪为友、与梅为兄,是因为冬的寂寞?还是因为冬的那份深沉?抑或是为了一份守望?热情的外表,掩藏着这个季节怎样的深情?剔透的完美,又经历了怎样漫长冰冷的心路历程?

有着六个花瓣的水仙,仰着一张张笑脸幸福地开着,晶莹剔透,临窗而立,截留一些易逝的时光,网住从身边而过的易碎、易逝的事物,于是岁月的涛声洗净洗亮了日子,日子也找到绿为依靠。它召集云中白鹤,获得鸟语,冬日的风雨在它的枝头停留,从而获得风声雨声。整个季节的风景也尽收眼底了,它坐看云起,宠辱不惊,有着"风萧萧兮易水寒,壮士一去兮不复返"的执着;"已是悬崖百丈冰,犹有花枝俏"的坚毅;"江上清风,山间明月"的恬静;"采菊东篱下,悠然见南山"的释然,是"知我者谓我何忧,不知我者谓我何求"的独白;"小舟从此逝,江海寄余生"的超旷;"人生得意须尽欢,莫使金樽空对月"的潇洒;"相看两不厌,只有敬亭山"的隽永;"此水何时休,此恨何时已"的愁绪;"人面不知何处,绿波依旧东流"的怅然……

水仙花素洁清雅,超凡大群,历来被人们称为"凌波仙子",那"含香体素欲倾城"的香姿,"不许淤泥侵皓素"的品格,"不怕晓寒侵"精神和只凭一勺水几粒石,生根发芽,迎春开放,深受人们喜爱,视为吉祥如意、和平友好的象征,千家万户不可或缺的"岁朝清供"的珍品。难怪清朝康熙皇帝也不禁赋诗称赞曰:"翠帔缃冠白玉珈,清姿终不污泥沙。骚人空自吟芳芷,未识凌波第一花。"宋王充道送黄庭坚水仙花五十枝,欣然会心,为之作咏"凌波仙子生尘袜,水上轻盈步微月。是谁招此断肠魂,种作寒花寄愁绝。含香体素欲倾城,山矾是弟梅是兄。坐对真成被花恼,出门一笑大江横"。

葱绿在冬季的水仙是文人笔下的诗篇,是画家笔下的烂漫,不为春而艳,不为冬而枯,独开一处,傲骨风寒、与雪齐美、与梅齐艳,不为冬日里孤独憔悴伤感,不为独依凭栏、孤琴灼阑而泪溅残月边,以微笑面对严冬,犹如贺兰山阙片片飞雪,又似静观云海彩霞飘天边。婉约如笃、柔情似水,送走寒冷的冬天,情感潺潺、随风飘逸,迎接明媚的春天。

对雪与水仙有着共同的愁绪叠匐与怀念的我,常昂首寥发感叹,想念一场雪,几相思成疾,昨晚天空竟然洋洋洒洒飘起了雪花,多好啊!盼望已久的一场雪静若处子般翩然来到这个思念的季节,了却多少相思,水仙迟迟不肯开放于其他季节,或许它与梅雪本就相约好的,原来它们都是属于这个岁寒季节的花啊!此刻明白了,水仙花与梅为伍、雪为伴,是因为它们都在信守一份诺言,完成一场等待,都共同有着高洁的品性罢了!

有些花尽管开在万紫千红的季节里,当它们一旦掉到地上很快就枯槁,精神也就没有了。水仙却不同,即使凋零了,重新回到黑黑的球球里去,来年又会势如破竹,以石天惊的姿势开在尘埃里,也许它早已将一世的轮回了悟得如此透彻,因此才会坦然中彰显尽致,淡然中孕育淋漓,将生命中一切的凝涩与矛盾融化开,成为一片甜润的音符,冬日独自在绿

与太阳一起行走

色里振翼。

　　大凡世人所追寻完美就是这样的,不是企图从对方索取,而是默默地为对方增色添香。它们是妙墨酌染经典,精笔锤炼的璀璨,是游子漂泊的迁客,眼眺余晖,寥廓悠悠的无边天空。阳光洒下斑驳的一地流影,水仙花没有奢求,只将其香慷慨地奉献给冬天。

　　匆匆过客,你要走吗?那就请摘一朵水仙花吧。也许它配不上你的风采,但你采摘它,你就记得了今天的意义。虽然它颜色不深,香气很淡,但它是冬季这绿海里的星星,闪耀着自己的光华。我们做不了牡丹不要紧,做不了玫瑰也不要紧,但却是可以做一朵最雅致的小花的,比如水仙花。

走过苦夏

　　那是临放暑假最后一天的傍晚,别的老师纷纷走了,办公室里只留下我一人,在整理了办公桌所有的抽屉后,拎着清理出来的一捆旧书本走向垃圾池准备扔了回家。

　　外面刮起大风,卷起池塘边的柳树叶沙沙作响,像极了一个女巫在肆意地张牙舞爪,毫无知觉地撕扯着自己的长发。

　　垃圾池旁一个男孩正低头翻捡垃圾,他衣衫不整,头发有些凌乱,脸色黄中带些许绿,看到我后有点不好意思,将头埋得低低的,我善意地对他笑笑,以缓解他的那份尴尬,并随手将手中准备扔了的旧书本递到他手上,对他说:"孩子,你是几班的?外面快下雨了,回家吧!"他对我摇了摇头说:"谢谢老师,你先走吧,我现在还不能回家,下学期的书本费还指望着呢!"我皱了皱眉头问"你的父母他们呢?为何要你挣学费?"言罢见他仰头向天,泪水在眼眶中直打转,嘴里嘟囔着"妈妈?"男孩的泪水终于忍不住流下来了"来到这个世上我从来没见过到妈妈,听奶奶说妈妈生我时难产,当她生下我后,嘱咐守候在身边的爸爸好好将我培养成人,看了襁褓中的我最后一眼就永远地离开了人世,在我六岁那年,爸爸又在一次施工中发生事故至今伤残在家,如今奶奶年纪也渐渐大了,这几天正犯病,他们还等着我的钱回去抓药呢!"

这时天空下起小雨来了,我仰望天空,长长地叹了一口气对男孩说让他等一等我,飞身回到办公室将报架上的报纸和一些原本不想扔了的旧书本整理成捆,又拿起那把挂在墙上许久未用过的防紫外光伞,捷步走向男孩,掏出身上仅有的一百多元钱给男孩,递给他并对他说:"孩子,快回家吧!"男孩接过旧书报和伞,说什么也不肯接受那笔钱,硬是将钱塞向我的衣兜。捡起背篓背上肩,沉沉的背篓压弯了的腰几乎触到地上,回首对我说:"老师!伞明天还你!"转眼消失在风雨中。

男孩子走后,我伫立在雨中良久,脑海中突然间有了奇怪的想法,好想瞬间变成一把撑天的大伞,然嗓子里好像有什么东西堵着似的,雨中男孩的背影瞬间凝固成了我心头永久的壁画。

不久我也离开那所学校,调到现在的单位工作。

五年后的一个夏天,江淮地区梅雨季节已经来临,电视台通知我所在的区域停水两天进行管道检修,同样也是一个傍晚,一辆汽车停在楼下,车上走下一位军校学员模样的青年,往我家门前放着几箱矿泉水……

我急忙打开门,认出是当年捡废品的男孩,放下水后,他冲着我敬了一个军礼,坐上车,消失在夏夜里,只留下两道车辙,清晰地延伸向远方。

我永远也忘不了那两个夏天,那个坚强的男孩,似一缕灵动的清风,从容越过生命中的障碍,似一泓清水,躬身一捧,缓缓流过指尖,灵巧的滑逸过人生不幸和羁绊,一束生命之光,击碎岁月中所有的坚石,在暴风雨摧残的毁木上,不屈地萌发出一抹新芽,昂首走过人生的苦夏,顽强地走过生命四季。

一树梨花香

漫天飞舞的梨花,你是天与地共做的梦吗?

季节的血液里荡漾着温暖的地气,春气或立于云端,或翘首枝头,或翻卷在大地之上,温暖的阳光从云层里露出一脸讪笑的时候,一身嫩绿的衣衫已穿在大地的身上,愈显风姿绰约起来。那树梨花便在烟雨之中横空而出,发髻上不知在星夜的何时一下子挂满了一朵朵粉白的花儿,在一个酥润漫落、柔雨绵绵的早晨,呈现在我们的眼前。

那一刻,我醉倒天地的梦里。行走在乡间的阡陌上,仰面,一抬睫毛,拈几朵花瓣,家乡的原野上,我俨然成了一个衣袂飘飘的梨花仙子。

梨花在微风里飘飞,伴着轻音乐萦回在大地的胸间,慢拍子自己踩,自己踏,怕扰了行人。落在鹅黄的菜花上,风摇落了些,又添补了些,似谁在摆弄一副祖传的磨盘,只磨得那畦油菜花叶更翠了。梨花醉卧在春天的梦里,温柔乡里不愿醒,醒了,就是蟒袍玉带的富贵春。

步入梨花深处,走成一幅国画里的风雪问路人。树下的花瓣躺满一地的白,刚刚盖住了发青的草根,在我脚下坦然浅笑着,想必世间俗人不能踏入这片洁净地,不然那树梨花会嫌脂粉污颜色的,再向前只见蜿蜒的一条小路清新得如美人蹙起的细眉,袅袅地往远处去了。

树间的菜畦还是国画里晕染的金黄色。如果天地真的在做一个迷离的梦,这梦一定是微醺的。是的,不是一塌糊涂的深度的醉,不是忘了前世今生的长梦大眠,要不然眨眼工夫,大片的梨花怎么会在田野上弥漫开来呢?直让人猝不及防。慨叹春花烂漫的同时,不经意间,已见那柔嫩净洁的花瓣一片片飘落,顿生怜花惜春的情感来,还是转身走开,不去打扰它,就由它去独自抒情吧!

远处的沟边镶着的一大片杨树林,已是葱绿一片,枝丫在半空里横竖撇捺,象形字一般。俯瞰那一片整齐的人工植的杨树林,似一首七律,洁白的梨花成了大地的韵脚。大地是卷在书柜里的一叠上好宣纸,这一刻,拿出来,辽阔地摊开了,只待落墨。凝眸处,炊烟朦胧成一片淡白了,红房子,白墙壁,高高低低地错落着,国画大师皴擦出了层次。小河也让这梨花雪哄得安静了,盈盈一带绿水,映着两岸细瘦树木的淡影。似书页间夹着的一张黑白照片,抽出来了,摆在暗淡的天光下,一丝时光的凉。

在花间驻足,晶莹的水珠还在蕊间闪着柔光,这分明是红楼梦中人黛玉眼角嵌着的两行清泪啊!望着它们挤挤挨挨、相亲相爱地开着,真有点花放郁情,花落无语的况味了。一种痛彻心扉的爱怜袭上心头。厚厚一地坦然而美丽的落花,在红楼梦中人黛玉眼中怎就成了一堆葬花魂的香冢呢?想来黛玉这样的心境、恰恰折损了她的心骨,从而使她及早魂归离恨天了。许是这种悲悯情怀感动了上帝,不一会儿的工夫便落起了雨丝,伴着梨花漫无边际的扬飞,顿让人生出"情洒诗句碰瓣落,融入泥土葬花埋"的感慨了。不过更多是"花间落雨煮青梅,醉里看花花更羞"的意味。

与太阳一起行走

花丛中穿行一对脉脉含情的情侣,心花和着梨花同时绽放,我想,心花的绽放定是受了梨花的绽放的影响。世间物象总是持一种博大胸怀,择人而宜,对于不同心境的人来说,结果总是不同的。世态百象,花落纷飞。花写的文字不需要任何翻译,持一种平和的心境便解读了,花写的文字利落而哲思,倾情而持重。而花本身就是温柔淡雅的,梨花在料峭的寒风中竞相绽放,最终将一身傲骨归于尘土,质本洁来还洁去,这何尝不是一种笑看人生的姿态呢?

晚风拂面,梨树的枝又添了几分横斜,一阵阵冷香袭人。人在梨树边,一步一徘徊。平时看过无数百花图,没有一幅对得上眼前的这一树冷香了。一树可以入画的枝干是黝黑虬曲而嶙峋的,密集的一树梨花,相互地艳着。即使显多了,多到一丛一簇,那笔法便显潦草。人在画中,方领略那淋漓尽致的傲骨和逼人的冷香气,白得似雪的梨花少了几分凛冽逼人的刚硬和尖锐,凭添了几分俏丽。繁密中透着几分细弱,雪伞似的撑开了一树的香。似位行吟诗人,在相对安静而贫瘠的环境里成长,文字自有一分平和清逸之气。念此,忍不住又近前细看微风里的这一束枝丫,看一枚枚洁白的瓣围起了一朵花碗,阳光雨露便都实实在在地盛在里面了。由此,相互成就,梨花有了雪的白,岁月便沾上了梨花的香。

醒了的人,在一树梨花的玉盏里浅斟低唱,便越发秀气了。

花 开 寂 寞

寂寞的秋天,落叶飘飘扬扬,阳光透过的缝隙照在记忆中那座石板桥,我踏着旧日的足迹,载着记忆里那片最后的叶子,将记忆匣子上的封条悄悄打开,秋天到底有多多情,叶落花谢的,到处充满着生离死别,这背负的伤害也许是最重的了。

好多天来,心情无法收拾,虽也笑意融融,然内心早已长满秋的伤口,梦里一直萦回着的是心中总在想念一个人,任凭怎样努力,总难做到忘却。好多天也不写字了,此刻知道有些事必须得做,因为思念,因为深爱着的那个人,捉笔总无法集中注意力,因为那个影子总在脑海中浮现,此刻才明白,生命中有些人不得不让你去为他思念,从而铭心刻骨。

那日因公事去了外婆曾居住过的小镇,那房子依然还在,只是瓦楞上已长满了野草,墙砖早已剥落,只有几只麻雀在风中惨叫,人去屋空,睹物思人,悲从心来,想来外婆离我而去好多年了,眼前浮现出外婆一双小脚行走在秋风中的样子,风烛残年,那满脸沧桑似一颗掏出肉的核桃,干瘪而苍老。我总在想,外婆要真是核桃多好,最起码核桃掉在地里来年还会发芽,而外婆再也不会回来了,想到这些,我的心苍老复加,真的希望如果外婆有来生,希望她远离人世间的苦难。

外婆也算得上是大家闺秀,身材高挑,眉清目秀,一直到她去世也从

与太阳一起行走

来没有出现驼背或是邋遢的现象，在我的记忆里，她一直是干净利索，发髻光滑清爽，性格温和而善良。外公饱读诗书，满腹经纶，外公外婆很是恩爱，然而幸福总是那么短暂，有时让人怀疑它似乎真的来到过，母亲九岁那年外公因去苏南做生意被狗吓得一病不起，离外婆而去，从此苦难就如影随形外婆左右。听母亲说那年大江封冻，外婆葬了外公回江北，江面上冻结得厚厚的，外婆迈着小脚硬是从江面上走过来了，因为天寒地冻，车辆也不能行驶，外婆就徒步七天七夜终于回到苏北老家，终生未再嫁人，一手拉扯大母亲和舅舅。

我的童年就是在外婆居住的小镇度过的，直至到了上学的年龄，父亲来接我回家上学。小小的我哭得稀里哗啦，紧紧抱着外婆扯住外婆的衣服久久不肯离去，直到后来外婆也笑着哄着我与我一同回家上学，我才惴惴离去。现在想来，在外婆家的那些日子成了我一生中最快乐最难忘的时光。

最后一次见到外婆是一年中秋前夕，学校放假，我拎着一盒月饼去看望她老人家，看到目光浑浊满头白发的外婆，脚步已渐蹒跚，身躯已似秋风中落光了叶子的枝丫，当我不得不回到学校时，外婆迈着一双小脚竟送了我好远，口中喃喃："风儿，再来啊，再来！"谁知此次离去，竟成永诀。

外婆是在一个无人的夜晚悄悄离去的，身边没有一个亲人，因为那时我还在上中学，当我听到这个消息时已是外婆去世的第二天了，我从早晨默默流泪到黄昏，多少个日子总在回忆我和外婆对话："外婆我不要你死，等我考上大学再死好吗？"外婆总笑呵呵地对我说："好好上学，外婆一定等那一天的，"可是外婆这次失约了。

外婆的一生是平凡而悲凉的，外婆一生来时悄悄，去也悄悄。正如莎士比亚说："花开寂寞，死也悄然。"

梦里水乡

人间四月的水乡，万花盛开，草木葳蕤，蝶栖燕语。用小桥、流水、飞花这样的字句来形容是再恰当不过的了。

故乡的河水与运盐河、大运河和长江息息相通，她常年滔滔，日夜不舍地流向远方，带走了水乡儿女的童年，也带走了水乡儿女的梦想。故乡的河水裹着岁月的风风雨雨，蜿蜒而下，把个水乡人家滋养得人丁兴旺。

故乡的小河常年流淌着碧清的浅水，忽窄忽宽，它身下，有时是粘稠的黑土，青绿色的水草，被它冲刷成熨贴模样；有时是密集的细沙，拥挤着彼此之间的缝隙，又疏离着彼此之间的距离；有时几行墨黑的蝌蚪，连绵地纽成一条深色海带，招摇在河床的中央或边缘；有时是几尾淡鱼，灰白的躯体灵活地穿行在水草中间。而岸边茂盛的芦苇则肆意地向河里伸展，两岸绿树掩映，芦苇丛生，郁郁葱葱，岸边古树盘根错节，紧紧抓住两岸的泥土，让人有一种发自心底的沧桑感，却也产生出一种坚韧的力量感。一叶轻舟穿梭于碧波，稍不留神，河便逼仄成一湾细细的暗流。几只野鸭时而低低飞于水面，时而嬉戏水中。河湾边的小村落里，袅袅炊烟和着鸡鸣，昭示着水乡人的日子正一天天地向上。

四月的水乡小城，桃柳依依，曲院荷风，莺歌燕舞。城外河水滔滔，

城中水光潋滟。雨织雾蒙,清明灵秀,这枕水的小城,因着地势高而名为东台。范公堤,串场河,诗里,词里,曲中,晏殊、吕夷简、范仲淹……远远近近,缠绵、伟傲就都有了。

水乡之风韵绝难离了这水韵,水是一个城的魂,城是要有水来衬陪其悠远的,正如美人香腮要有胭脂的点缀。品一城之韵就如品茶,没有静默恬淡的性情是体会不了那幽深的。历史乃河,剑影刀光不免沉淀,从无名的朝代诞生,经过春秋,经过汉唐,经过宋元,经过明清。而百姓平民中传流的"董永故里,仙配福地"却生生不息传承下来,早在南宋《方舆胜览》中就记载"海陵西溪镇,汉董永故居"。于是故乡东台西溪就有了个"付家庄""凤凰池""缫丝井""辞郎河"。西溪南面就出现了个"金钗井",传说是七仙女被天兵天将追赶时,天将欲杀害董永,七仙女拨下头上金钗插在地上并成了两口井,七仙女放下孩子的地方现叫"舍子头",孩子脚上掉下的鞋子的两处叫"东鞋庄"和"西鞋庄"。水乡美丽的传说,历史的沉淀是为人文。

顾名思义,水乡河多,桥自然就多了。纵横交错的河水将村庄割成碎片,桥又将碎片一小块一小块连缀起来。于是水乡就有了一气呵成的流畅气度。

水乡的故事,多半也都是在桥上发生的。西湖上许仙与白娘子的断桥早已成为经典场景,杜牧所感叹的扬州城里"二十四桥明月夜,美人何处教吹箫"却是别样的境界。在如水月光的照耀下,有了管弦的伴奏,水乡的桥如此皎洁和安静。不喜欢喧闹的话,就在水乡里随意走走,沿着青石板路或者坐在船上悠悠而行,抬眼总能看到一座座桥,玲珑的、轻巧的横越碧波之上,造型多是单孔或者简单得不能再简单的石板桥,转水桥、八字桥、盈宁桥、星月桥、路过时不会觉得惊艳,然而在风景中却不可或缺——要的就是这简单宁静的格调。小小的村庄和田野就有数十座桥,而每一座桥就是一幅美丽的图画。"船从碧玉环中过,人步彩虹带上行","上下影接波底月,往来人渡水中天",走在桥上,人便融入诗情画意中了。

暖暖的午后,会闪过一片片粉红的衣裳。挽了高高发髻的女子,婷婷娉娉、婀婀娜娜从阳光里走出来,蹲到清喧喧柔顺的河边,一时间,银铃般的笑声高一声低一声地招喊出更多着花衣布裯的浆衣女子前来,一筲又一筲红红绿绿的菜在水中轻飘,飘着的还有女子们雪白的手,男子们健壮的臂,一些笑吟吟的满足便在天地中徘徊不去了。船来了,有健壮船夫撑篙点波,轻舟如梭,柔橹如梦,温香软语,巧笑倩兮,一河清流如酒。画面,带着旧日里棉布衣服的柔软服帖与淡淡的香气,便是世界上最无法抗拒的诱惑。道是:"南望烟墩春水暖,一声柔橹一消魂"。说话间,水动波摇,琴箫和鸣,晨岚晓雾,夜风星月,莫不入曲,曲曲动人心弦,让多少水乡男子为之醉在这温柔的梦中从此不想醒来。

清清河水边,幢幢粉墙红瓦的宅子,错落有致,或依河立楼,或骑楼为榭,房舍倚靠,连排成街,顺河逶迤,石桥相连,看不出什么刻意的章法,却因了自在随意而有一种说不清道不明的亲切与舒服。有了"杏帘招客柳荫后,行舟停棹绿水前"的意境;夜里,疏密有致的灯光映出另一个桨声灯影里的迷幻水乡。

夹岸的菜花则更是把人的魂魄摄了去,那纯正得令人起敬的金黄,随着河堤的弯曲,不知绵绵地伸到哪里去——或许是天边?抑或是离人的心上?然而那太阳一样的颜色,却把整个春天都染透擦亮了,就连人们的眼眸里,也洋溢着灿烂的金黄,时有轻风吹来,送来远处缥缈的歌声,犹如从另一个宇宙里传来的天籁之音,叫绝的是那菜花的芬芳,使整个天地都变成了一个装琼浆的坛子,叫万物都沉醉在里面,如梦如痴。

水乡,是该有一抹清香暗藏的。它落在青板石桥旁,待你而归时,悄然爬上你的衣角,飞上你的眉梢,钻进你的肺腑,让你不由得放慢匆匆的

与太阳一起行走

脚步。这时候,风也轻柔,云也淡远,那些久远的记忆,沉浸在这个风柔云淡合成的散韵里,让人不由的心生赞叹,水乡之美,让水乡所有儿女为之守望下一个轮回,好想化做水之湄的芦花,将思念化为苇篱,植根于水乡,生生世世,永远守候水乡的梦。

思也水乡,梦也水乡。

秋天会回来

夏天最后一道闪电落入玉米地的时候,秋天终于来了。站在镇里通往外面的路口,春桃腆着大肚子从日的这头看到日的尽头,就是不见拾宝回家的影子。拾宝娶春桃回家的时候,三月桃花正满世界相亲相爱地开着,亦如一对新人幸福得如春水般泛滥,天空被搽得粉红,整个季节就完全被它覆盖了。拾宝看着晏溪河水滋养得如水般灵秀的春桃,心头一暖,猛地低头狠狠亲了春桃一口……婚假刚过,拾宝得回深圳了,他所做的那个工程到秋天才结束,从此,秋天成了个遥远而美好的梦,牵着两个人儿的心。

当春桃盼来秋天的时候,她的肚子也渐渐大了,可那死鬼咋还不回来呢?!自从春桃过了门,拾宝的习性改变了很多,在小镇,拾宝的顽劣是出了名的,刚学会走路那阵儿,就将邻居小脚奶奶的马桶盖当项圈套在颈项上,滚到河里飘来荡去,急得小脚奶奶跺着梅花小脚直嚷嚷,稍大些又将炮仗挂在小脚奶奶家的羊尾巴上，点上火，解开绳，羊便发了疯地狂奔，小脚奶奶跑去撵羊，摔成臀骨骨裂。他爹一旁看到这些笑得前俯后仰，当成趣事告诉街坊时得意洋洋的，仿佛做了件很了不起的事。

小脚奶奶的门向来虚掩着，铜锁挂在门耳闪着神秘的光，拾宝悄悄将小脚奶奶铜锁给捏上，再从他爹的水烟袋里偷出几根火柴将锁眼死死摁上。临到晌午不见动静，慌了，顺着墙壁的爬山虎攀上天窗，掀掉茅草，掏个大洞向里张望，只见小脚奶奶打坐佛像前，口中念念有词，燃着的蜡烛将小脚奶奶的脸照得彤红透亮，像尊活菩萨，突然而来的狂笑自天而降，吓得小脚奶奶碰翻蜡烛，引发大火一场，烧得小脚奶奶活脱脱个剥了皮的田鸡。

长大后的拾宝终于做出一件令镇里人刮目的事，只上过小学的他竟神气地亮出红彤彤的华南大学毕业文凭来。因为没文化，拾宝一直找不到体面的工作，有一天，他从街头的电杆上看到办证广告，他打电话过去，得来的红本本让拾宝交上了好运，春桃的芳心也给拾宝扣住了。"万拾宝，你媳妇看你来了！"管教大声喊道。拾宝原地上怔了一下，又低头忙活儿。拾宝到深圳几个月后，终于做出一件与别人不一样的事来：化工厂爆炸了，老板涉嫌制毒被判了极刑。厂子一时无人管了，他伙同一帮青年将厂里一些物品偷去卖，判了六年徒刑。入狱快两年了，从来没人来探过监，管教给他家中去了信，也无回音。绝望了的他常常躲在角落里暗暗发呆。

当半信半疑的赵拾宝被兴奋的管教拖到"会客室"，看到抱着一岁大儿子的春桃，竟像个孩子似的哭了。"爹呢？娘呢？"拾宝带着哭腔问。"都好……在家等你回去呢！"春桃没走，她在管教的帮助下在农场边上开了家洗衣店。拾宝参加了监狱里的职业技能培训，在一次大赛上，获得全国监狱车工技能大赛一等奖。

秋高气爽的时节，拾宝提前获释了。春桃领着拾宝来到一座坟前，

低下头,从衣兜中掏出封信递到拾宝面前,以袖掩面,泣不成声。拾宝哆嗦着打开信,上面是爹的笔迹:"拾宝我儿,当你看到这封信时,我也许不在人世了,知道你为何叫拾宝吗?你是我捡来的,所以从小到大我一个指头也舍不得碰你,养子不教父之过,如今我悔青肠子也没法回到最初啊,你有今天都是我害了你,也许你会怪我和你娘心狠不去看你,自你走后,你娘哭了三天三夜,眼睛就什么也看不见了,她是喊着你的名字咽气的。听说还了厂子里的那笔钱,你就可以减刑,我就到小煤矿去挖煤,这个矿啊,工钱还算高,就是常死人,假如哪天我出意外了你不要伤心,也许那是上天对我的惩罚,你说我不下地狱谁下地狱呢?春桃给你生了个儿子,将来一定要好好待她,她是个好媳妇。好好教育孩子,你们的儿子绝不能走你的老路。儿啊!切记!切记!"

拾宝爹意料中的事终于在"轰"的爆炸声中发生了,一年前那个黑色的下午,矿井崩塌,混杂着一群矿工兄弟还未来得及实现的愿望,埋入了废墟,沉入了黑暗。矿井下,渗水越来越深,拾宝爹借着微弱矿灯的光,撕下香烟纸,写下这些……